中山伴遊郎

圖・文／李翰

contents

part 1 心中山

part 2 赤峰街

part 3 大同區周邊

part 4 線形公園

序 preface

中山，是我工作的地方，若台北是一個班級，每個區域都是一位同學，永和跟中和是好朋友，天母是轉學來的ＡＢＣ，南港與林口最近變得越來越有錢，曾經最受歡迎的東區現在空房子很多，中山絕對一直都是班上的酷酷集團——台北第一家百貨公司，台北髮廊孵化地，台北保齡球風潮原創區，搖茶一級戰區，不但有新的品牌不斷在中山開店，同時保留赤峰街這條台北舊巷，新舊交叉的地點總能摩擦出不同火花，吸引來的人潮讓中山總是熱鬧。

中山受歡迎的原因沒有別的，就是女孩，走在中山會發現有一半以上的店都是為女孩而開，從剪髮到做腳趾甲，服飾到岩盤浴，女孩來中山有１００種方式變漂亮，而中山也因此變得很漂亮。

幸運的我，每天牽著一隻狗在中山走，穿梭在美麗風景中。

然後疫情就開始了，日子變得很單一，時間好像怎麼都用不完，以插畫家為職業的我，得到一個難得的機會坐在一張白紙前想著來畫什麼，一下筆就

畫了牽著狗在中山走，每天跟狗相處不用練就成了畫狗的專家，不用看照片我也能畫出每天走過的街景，加上幾個可愛的女孩當路人，所有的線條都自然地組合成當下思念的「正常」。可惜這樣的畫面怎麼看都覺得無趣，想到要畫第二張的自己就覺得無聊，但只要我試著畫女孩與狗時，心裡就充滿了各種ＯＳ與小故事，一張張的草稿就像一幕幕的小劇場，筆下的每位女孩都自備人設與故事，好像不請自來地走到我的筆下。

女孩的故事我有好多好多，不是我故意收集或勇於搭訕，在這個政治正確加上性別平權的時代，我心中總有許多女孩相關的「問題」，又或是我帶給另一半很多「問題」？每當我把手上的問題拿去問直男朋友時，得到的答案簡單到只有單字而已，而問女孩時，我往往得不到我要的答案，交換來的卻是一個接一個的故事。

從小到大，我經歷過許多次失敗的感情，失控的爭吵，朋友的陪伴後，隨著時間過去，才慢慢地發現，現在的我成為了一個故事富翁，我一直都不知道該怎麼在我大腦建檔這些故事，沒想到隨手拿起畫筆，這些故事就很自然地湧現在一張張的畫紙上。

我沒接受過嚴格的性平教育，也沒認真做過行為實驗，我只是一個普通的直男。自從捲捲進到我的生活，曾經像一團空氣走在中山街區的我，這時會有女孩們主動搭訕，雖然她們都忙著玩狗對我視而不見，但至少我感覺被注意到了。尤其當我每天看著老婆掛著熱戀般的笑容，期待著和一隻㹴犬接吻（我又變成了一團空氣），即便在一起快要十年，我始終學不會一招對老婆有效的安慰，直到我看見女孩們被我的寵物逗得笑到合不攏嘴，我赫然發現，原來這隻不會講話的狗，不知不覺間成為我小小糾結內心的完美救援。

同時，我也看著牠用可愛情勒那忘了自己有潔癖的老婆，用可愛控制我媽每個禮拜特地燉排骨給牠吃，用可愛勒索我岳母買高級零食，而這種詐騙方式天天發生在每隻寵物出沒的地方，甲方不求回報地揮灑著滿出的愛，乙方吃飽了就睡，生病的話醫藥費很貴，沒有專業的訓練哪能打出這種高級合約？

畫著女孩牽著狗在中山走，我給（書中）這隻也叫捲捲的狗一個販賣可愛的職業叫做「伴遊郎」，讓牠走進我收藏的女孩故事，在沒有答案的結局撒泡尿，在無奈的現狀拉個屎，在不公平的事實丟飛盤，最重要的，是讓這4

隻腳的好朋友，帶著受傷的人慢慢走。

「令人沮喪的時候，有時能做的也只有慢慢走」，曾經有人跟我說過這句過期雞湯，也被我當成是廚餘倒掉，但當我每天必須牽著（真實生活中的）捲捲慢慢走，才發現慢慢走的必要性，相信我這絕對解決不了任何問題，但這就像下課10分鐘一樣重要，少了下課時的放鬆，上課真的能學到東西嗎？

這世界傳遞給女孩們的訊息都要她們快一點、俐落一點、不要想太多，好像花一分鐘去忘卻煩惱就會對不起誰，透過這本書，「伴遊郎」想告訴女孩們慢慢走沒關係，這是生活中必要的練習。至於為什麼只有女孩的故事？因為男孩天生就是放空大師，就像我這普通的直男，是個單細胞生物總不會想太多。

幸運的我在熱心的女孩介紹下有了出版這本書的機會，感謝與我分享過大大小小不同故事的女孩們，故事製造機我的老婆，與教我聽女孩說話的媽媽，謝謝閱讀此書的妳，如果剛好妳也是女孩，能與妳分享是一種幸運。當然，歡迎男孩們一起慢慢走，希望你也和我一樣在復健的過程裡，學會陪伴、學會傾聽，還要能逗她們開心，更重要的是要學著去懂你身旁那位香香的女孩！

intro

開場

伴遊郎

每位伴遊郎身上都背負著很不一樣的故事（me too^^），中山的伴遊歷史可說是從日治時代開始，當時養狗的人家沒有幾戶，所以會在大街小巷間看見他們隨意穿梭的身影，他們會使出渾身解數來想辦法討生活，其中最危險也最多狗從事的一項職業就是「伴遊」（escort）。

過去伴遊郎通常會聚集在條通一帶，條通是許多女孩上班的地方，伴遊郎不清楚女孩們做的是什麼工作，但聞得出香水所蓋不掉的菸酒味。

女孩們下班時的腳步通常比上班慢兩倍，她們得在天色變亮前趕回去餵飽全家的胃，對伴遊郎來說，「女孩們的美照不亮眼前的黑，身體的累走不完回家的路。」當我們看見步履蹣跚的背影，就會走在她們前面，三不五時回頭報告前面的路很安全，同時聽她們喝酒醉的腳步聲，不快不慢地陪著她走路，直到女孩平安拉開家門，完整的伴遊服務才算完成。最後，女孩會在家人睡醒前將「酬勞」擺在地上，此刻伴遊郎會開心到全身顫抖，接著低頭快速吃完就走，不逗留不是因為不懂禮貌，而是得在黎明前趕回條通再接一波需要服務的人。

若那條又遠又黑的路是女孩的敵人，該怎麼形容出現在這條路上的壞人呢？

他們的出現總是又快又凶，粗暴的動作會換來女孩的尖叫聲，伴遊時若嗅到恐懼的味道，客人的性命就比自己重要，但面對高大凶猛的人類，伴遊郎通常很少能成功防守。此時故事的結局沒有 happy ending，說好的伴遊就不只是陪客人散散步，為女孩犧牲更不會有勳章或高級獎品。可惜，沒人會在乎一條狗命，這是刻在他們ＤＮＡ裡的一道指令，守護著妳更不需要別人命令。

當然，時間除了讓樓蓋得越來越高，也讓治安越來越好，曾有多達上百隻的中山伴遊郎，如今稀有到連尾牙都辦不起來。一代代的伴遊郎也和許多職業一樣被迫轉型，現在條通的女孩也不需要伴遊回家的服務，她們將狗當作寵物，小小一隻抱懷裡甚至不需要走路。曾經充滿暗巷的中山如今插滿了路燈還多了監視器，陪女孩走路不再需要賭上性命，曾經的一身肌肉已被可愛取代，曾經守護著女孩生命現在要療癒她們的心。

就算如此，當今的伴遊郎還是得經過專業訓練，還是得提供高品質的服務，並且以匠人之精神款待每位客人，迎接帶有各種煩惱來到中山的女孩。

親愛的，忘了說，他們叫我捲捲 a.k.a.「中山伴遊郎」，顧名思義，我是活躍在中山街區一帶的護花使者（老派），我是一隻剛毛獵狐㹴，伴遊技能是貼心是陪伴是傾聽，是讓每個女孩嘴角能重新上揚的可愛保證。

捲　2022初夏

part

1 心中山

緊張跟我說，我會更輕更溫柔，

我會聽話我會學，就是不要拒絕我

girl ① 凱

漂亮的凱是公司的顏值擔當，有明星的外型卻沒有想紅的心，與其光鮮華麗她更想當漂亮的會計。凱有種一笑值千金的甜，她的美能上市上櫃，可惜最近三個禮拜都沒人追，今晚的她想找個人買醉。

上禮拜才見面的朋友回了個「拇指」，其他三位則已讀不回，今日，她訊息的瀏覽紀錄只徘徊在朋友群組間，每每點開手機，期待與失望都同時出現，偶爾嚐到被冷落的滋味讓她腸胃不適，畢竟男生總是秒讀秒回，她早就忘了什麼感覺叫做等待。莫名的沮喪轉化成酒精的渴望，金黃色的氣泡能沖走一切煩惱，她低頭看看手錶，時間彷彿突然按下了「慢放鍵」，就像是下班時間被延長了三天。

美麗在時間面前也只能躺平，凱正一分一秒學習如何等待——等訊息回覆、等檔案上傳、等會議結束、等打卡下班，她等到又餓又累。為了避免約會再次失望，凱密了幾個姐妹，訊息在下班前亮起紅點。

她們說好在打鐵町見，凱鬆開綁緊的胃，不知是誰按下了「快轉鍵」，一杯啤酒已經出現在她面前，四人喊了聲乾杯，瞬間桌上只剩下空杯。

place ①

每當伴遊的生意不好我就會去打鐵町多喝兩杯，不是要靠酒精忘記業績，而是那邊有喝醉酒的ＯＬ，我只要選對時機，請店員將籠子拉鍊打開，「旋轉跳躍我閉著眼」整個餐廳我最耀眼，所有女孩就會嘟著嘴巴忍不住大喊：「好可愛～」

我假裝不知自己身在何處，開始和每位女孩交換著眼神，10個中有1位會害羞地撇過頭，其他人總是忍不住地想摸摸我。我沒有超能力，但只要一歪頭，就能將空氣變成粉色系，黑白色捲毛是我的武器，**鈕扣大的眼睛能打破女孩不堪一擊的理智，高溫溶化她的心**。

喜歡我就尖叫吧，但那對我並沒有用，其他偶像會揮手，收割所有崇拜，我只會無辜地看著妳，因為我只想做妳的朋友。我的眼神傳遞出炙熱的訊息，彷彿在說：「給個機會和妳慢慢走，把所有煩惱丟給我，以療癒為專業的我，走向快樂只需牽起我的手。」

身為人類最好的朋友，優惠折扣不囉唆：3檯6,000帶出場（歡迎拍照留念錄影上傳）、小費2,000多舔20分鐘，4,000不濕不會讓妳走，8,000沒人挑戰過，因為給到7,000她們就兩腳顫抖，若願意跟我滾在草地上，我這輩子就是妳的狗。

「伴遊郎在中山出沒，寂寞時別忘了call我」這句話寫在店員幫我遞給凱和她女朋友們的名片上，接下來我的名字會寫進她們的行事曆，訂金先給50%，發票稅金另外加。

從朋友變成客人有時只需短短5分鐘，看著她們依依不捨離去，期待著下次相遇，這是我帶給女孩們的伴遊見面禮。

part
①

心中山

報價

說到錢就感到俗套，但對我們簡單的心，比較喜歡公開透明的味道。伴遊協會定期公布考績與排行，在少子化的時代，越可愛的積分越高的，被點檯的機會自然水漲船高，客人一多價錢就高，誰工作不喜歡生意好？但真正能讓客人一再光臨，還是一趟愉快的伴遊，為了達到這個目標，不是 full time 的可愛辦不到。

專業的伴遊會聞出客人心情決定伴遊的距離——她需要 shopping 抒發壓力還是坐在公園發呆；專業的伴遊會聽著女孩的腳步判斷她有多少壓力——她需要喝全糖珍奶還是 duble expresso；full time 的可愛不只能讓妳交出讚美，在餵飽妳的眼同時也能滿足妳的嘴——聽妳的抱怨，舔光妳雜念；full time 的可愛不只長得美，還要在協會認證的課程順利畢業——導遊的執照，撩人的證書。而經過以上的努力之後還要有多年的實戰經驗，學習所有應對進退，這是條一輩子的路。

在這條路上，每位客人的支持，不只是動力，更能讓我們的可愛變本加厲，吃魚油讓毛色鮮豔，益生菌保護腸道，有機肥皂保持清爽的味道，定時的修剪，維持趾中的完美，可愛的成本要感謝每一位乾媽，若讓祖先們知道現在一隻狗生活上的講究之道，我會聽到來自天堂的吠叫。

知道自己多幸運，才更珍惜每次的相遇，我將感恩的心換成妳需要的可愛，慢慢陪妳把中山走完，讓妳打包一段無添加物的浪漫，知道下次再見，我一定比妳還興奮！只要能與妳相遇，我不介意這是場交易，只要能陪妳開心的走，我很願意繼續販售專業。

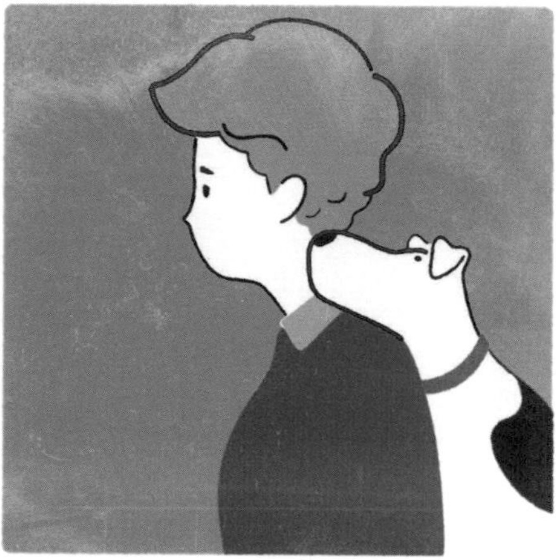

girl ②　安

收集是小資的驕傲，殘念與快樂不斷交織拼湊出收集的興趣，但對安來說，她的收集沒有快樂的部分，藏在心中的，是滿櫃的心碎與全套的失望。安耗費大約7年時間，收集到來自各種國籍、各種型號、各種年齡、各種顏色的渣男。

她自己也不了解，為何用一隻手機就能走進這個坑的深處，畢竟一開始她只想約個人看電影，卻發現自己有容易戀愛的體質，可惜向右滑的男孩對愛情過敏，總在事後丟出一堆emoji，那些可愛表情彷彿宣判關係的死刑，安的感情世界，充斥著不想習慣規則的男孩，以及她逃不出被擱下的規律循環。

對那些默默離去的每段關係，安知道自己應該休息，但一放空拇指就會自動地打開交友APP，在一張張帥氣的臉龐中出現了一對又小又黑的眼，自介上寫著「把妳煩惱丟給我，陪妳中山慢慢走。」這不是她的菜，但今天的安只想求個陪伴。

place ②

這是安第一次找伴遊，她緊張到什麼話都不說，失戀的女孩不需要small talk，直男不會的伴遊郎懂。人來人往的一號出口，她害羞地牽著我等紅燈轉綠，我挺著胸乖乖坐，可是燈號換了她還不想走，我坐在原地，一根寒毛都沒有動，看著妳的眼，心中默默唸：「我等妳cue，等妳叫我走，我等妳說，等妳的真心話，不論妳的故事有多悲傷，我們繞著中山一起走。」

「**開心的人不會來伴遊，幸福的人總愛裝懂。**」安看著心中山出雙入對的情侶們，她的雙手微微顫抖，她說她的痛苦就像腳下的捷運呼嘯而過，我指了指剛拉出的新鮮狗屎，提醒她有些事不值得花時間想念。

伴遊是靠身體的工作，善用肢體與客人溝通比千言萬語好吸收，「撿屎不能流淚」，這句話寫在屎袋的上面，安忍住淚水撿起微熱的大便，在眾情侶圍繞下將受傷的心化為公德心，當妳手中捧著會發臭的東西，請專心尋找垃圾桶，不值得留念的就把它丟掉。

1 中山
中山地
1

Shit 丟進垃圾桶的剎那，客人總會感到一陣微風輕鬆吹過，雙手空空的安開始敘述那個渣男的罪過，一段段搭配眼淚的故事很多我聽不懂，我一句也不回地讓她慢慢說，沿著彎曲的步道慢慢走，每當眼淚快掉下之前，我就會拉屎請她撿，走到雙連時，她撿得腰痠，我拉到菊花盛開。替客人省下眼淚，是我溫暖的服務，就算代價是無法坐下，但舌頭舔得到的就不會痛，no pain no gain 是伴遊的專業。

若沒吃壞肚子，伴遊時絕對不會拉屎，不讓客人彎腰是基本禮貌，但有些客人的煩惱真的比大便還臭，如果她的煩惱涵蓋了社會歷史、男女價值、司法正義與科技上癮，我只能用激烈的方式轉移她的注意，讓她知道有比她煩惱還臭的問題。

妳的名字

渣男這種煩惱就是這麼臭長，每次談到這種生物，客人總是掛著眼淚，繼續難過沒有關係，我喜歡有挑戰性的工作。妳問我有沒有人能夠幫妳把破碎的心修好，我就扭著屁股試著寫下妳的名字，那個不會被打倒的名字，那個堅強的名字。

幹這行的我也不算是新手，但還是搞不懂人類的複雜，畢竟我們是下半身的動物，只要氣味相投就開始運動，可惜為了入行不得不放棄蛋蛋，畢竟這是一個需要專注的工作，走路走一半突然騎上客人的小腿實在很不專業。

若問我會不會想念，可惜早就記不起來那種感覺，我喜歡活得清爽又專業，反正那些 bitches 也不會跟我對上眼，來找我的客人還可愛些。

我只記得跟蛋蛋說再見的那天，睡了一覺下面就消失不見，麻醉退時我痛得渾身發抖，為了消除雜念的代價原來如此巨大，難怪沒有決心的人永遠都是這麼複雜，可惜這麼深的道理叫給妳聽會被鄰居抗議，只能用屁屁寫著妳的名字。

girl ③ 珊

在疫情還沒趨緩下，珊失業了。她從20歲開始，不斷將各國打工觀光資訊與趣事分享在IG上，精準的資訊讓她人氣很旺，旅行社想請她當KOL，出版社期待為她出書，沒想到才剛跟好運牽起了手，就被一場疫情暫停了一切。

她想念那種文化衝擊，想念滿街發光的招牌，卻一個字也不懂的新鮮感，想念精心安排行程，並順利完成的成就感，想念無所事事的放空，chill在海邊喝啤酒的下午，想念看見帥哥，省略溝通地對他微笑，想念不確定明天會在哪邊的不安，想念分享時的種種喜悅。

看著網路上同行開始國內旅遊，有乾爹的網紅開始到關島業配，她卡在台北只有氣窗的套房，當初規劃只是個放東西的地方，沒想到現在卻被關在只有3坪的框框。如今每天的明天都跟昨人一模一樣，這個城市的角落她認得每一個字，所有朋友總討論一樣的話題，她急需要一點點刺激加入沒有調味的生活，一點玩樂來拯救快斷更的旅遊帳號。百般無奈的珊找到了我，來伴遊不需言語的交流，謝謝她願意和我見面，**我能保證她的今天比昨天還鮮豔，明天的想念又酸又甜。**

place ③

伴遊服務首先要懂散步，汽機車最好只是背景，若對沒有指定路線的客人，我通常都會從心中山開始走起。乾淨的街道、鮮豔的花卉、彎曲的水泥、未來感的造景、怎麼走都舒服、怎麼拍都好看，就這樣牽著我的珊邊走邊拍。

打卡服務首先要懂拍照，機率是自拍最好的朋友，若沒有人阻止，珊會從250張照片中選出一張打卡上傳。嘗試各種角度，擺出各種pose，嘗試各種濾鏡，怎麼選都好看，怎麼拍都按讚。

有限公司

一般的直男總會感到不耐煩，不知等待的藝術是什麼。最美的等待，是學會自己找樂子，最後把等待轉化為期待，從此時間就是你朋友，開心地在等待中渡過。伴遊行規第一條：「**等一萬年才比愛更愛**。」每當珊在拍照時，我就在她旁邊尿尿，那都是我最開心的時候，她選照片時我就聞旁邊的尿，每天都有不一樣的味道。

跟她走到雙連站時，整個心中山都是我的騷，我的廣告妳看不到，但妳聞過絕對忘不掉。

努力練習等待

伴遊不是簡單的工作，只適合體力過剩的狗來做，當寵物只知道睡覺，不愛走路跑來做伴遊，就像不愛拍照卻想當網紅。

今天的新人是隻紅貴賓，他自認長得很可愛，女孩們要排隊摸他，他聽說伴遊很好賺，想來這行混口飯，前輩要我帶他隨便走走，教他菜鳥該注意的事項，但我第一眼看到他過胖的身材，沒有禮貌亂跑亂叫就知是條阿嬤養的狗。

我們從一號出口出發，沒走到大王漢堡殿就開始喊累，我是一隻獵狐㹴，我的體力根本沒有極限，有㹴的伴遊才不怕妳走多遠，困難的反而是沒來由的等待。

當初毛躁的個性讓我掉了很多生意，只能每天不斷地練習才能進步一點

點，耐心還沒成熟前，先學會轉念，大家的方式不同，我是只要女孩一停下來就尿尿或聞尿，前輩是舔自己的GG，吃屎也是不少狗的選項，我們彼此會交換自己的經驗，嘗試對方的招式，為了就是忍耐不要爆衝。

而這隻過胖的紅貴賓，只不過被阿嬤罵兩句就想離家出走，也不想想要吃的狗食誰買單？在家貴賓想喝水，阿嬤就會瞬間移動到他後面，遞上水壺還從腰包拿出濕紙巾，他就像是擂台的角落，被疼愛的loser。

或許有天我走不動了也去當寵物，但在那天來之前，**我會驕傲地走，專業地等，捲捲的毛，伴遊的⿰犭要，中山的郎，女孩的狗。**

girl ④ 婷

有一種站在頂端的客人，她們年輕美麗薪水好，自備光源的膚質，路人目光的高利貸，小費總是大方地給，準備真皮牽繩與有機零食，婷就是這樣的女孩，不過每次見面都是場挑戰。

她接受的讚美就像我每天喝的水，到處都被稱讚轟炸讓她害怕讓人失望，加倍努力地做好手上的每一件事，快到30歲時確認美麗加上努力是職場不敗的武器，讓她更勇於挑戰連勝紀錄，這剛好是個喜歡排名的年代，挑戰成了她的生活的小菜。從工作升遷到搶返鄉車票，困難指數越高得到的快樂就越爽，在她腦中已經完整建立了一個不敗的作業系統，每天享受這高壓生活。然而一碗鴨血湯麵讓她嚐到失敗的滋味，這種陌生的味道讓她消化不良。

老闆娘明明警告了大辣很辣，或許是語氣漫不經心，或許是過度自信，總之這溫馨提醒被翻譯成了一張戰帖，可惜碗裡還有半碗鴨血，婷已淚流滿面，就算心有不甘，也只能練過再來。接下來她開始自主訓練，我成了她的啦啦隊，每個星期二陪她來這裡流淚，每次看她不甘心的眼神，就更期待她挑戰成功的那一天。

中

川渝

山

place ④

親愛的粉絲們：

原本答應你們在我身後，把我的大體做成標本賣給可愛博物館，現在麻煩請在最快的時間將我火化，這筆損失請要求我的最後一位客戶婷拿出合理的賠償。

今天上午婷穿得好像剛從2077回來，全身包著又緊又亮的leggings，準時出現在一號出口。她喜歡把伴遊當運動，慢跑快走加有氧，現在我年輕體力好又愛跑，不介意這種勞力活，在外商當高階主管的她，不喜歡輸的感覺，所以不能跑在她前面。她的步伐健康又輕快，跟她伴遊很愉快，但看她好像常迷路，見到帥哥就問路。

在她無敵的人生，卻期待每週排隊輸一次。等個半小時為了吃到以辣聞名的川渝，狠狠地敗給大辣鴨血豆腐麵，是個喜歡被麻辣欺負的抖M。每個星期二都要吃到汗流浹背，滿臉眼淚，阿姨把碗端上來時，大辣這兩個字總是故意大聲5分貝，婷喜歡這種感覺，可惜從來沒有完食過。我總是

川渝小吃坊
6弄8之1號
川渝
小吃坊

認真地幫她加油，眼角裝滿了又鹹又辣的眼淚，聽著吸進沾滿辣油的麵條聲，我流口水表示願意分擔她的難過，趁店員沒注意的時候，我狠狠吃了三大口，失去理智的還有我的舌頭。

那已經是3小時之前的事了，婷在掌聲中離去，我也才知道人間便器不只是一個番號。

若我不幸熬不過這關，請務必不要讓媒體拍到我盛開的菊花，我想被記得的是有禮貌的小粉紅。現在它每5分鐘就像火山一樣的噴發，閉上時的痛猶如一股圓形的炸裂，我已經舔了它300遍，顏色還是暗紫的紅。請PO出我排隊的照片，**那是我最後一次驕傲地用粉紅跟你們說再見**。

XOXO　捲

每天的挑戰

生死關頭走一遭，元氣大傷 3 天不能接客，我也終於知道為什麼人們流著鼻涕與眼淚，卻又更不明白為何要這樣傷害自己？或許是消化系統不同，又我膽小懦弱，很多事我選擇退縮。

老一輩的伴遊喜歡唸我們軟弱，但在他們的年代，又沒那麼多誘惑，那時食物只加熱不加工，多麼容易說出 NO，現在的炸雞還裹上起司粉，甜甜圈上放培根，豬耳朵夾進 taco 裡，吃過一口就上癮，但致命的卻不是卡路里，是裡面有太多我無法消化的東西，運氣不好這美味就是我狗生的句點。

這就是走在中山的挑戰，一場單純防守誘惑的硬仗，挑戰成功我得到零分，一個失誤耶穌說我會得到永生，今天被麻辣上了一課，付出了偷吃的代價，但我還是無法保證以後不會繼續發生。

girl ⑤

琬

琬的童年非常安靜，獨生女的她喜歡一個人自己做事，尤其擅長重複的規律，她總是能找到心裡的節奏，慢慢地完成，她特別喜歡編織，毛線到她手裡就像是有秩序的像素，一個結一個結地往前。可惜生活沒有固定的節奏，同學的話題越來越複雜，課業越來越困難，每天被逼著做自己不喜歡的選擇，以為只要安靜就能換來冷落的她，卻變成師長關心的對象，千篇一律地要她給自己多點自信。可惜她根本不知道自信是什麼東西：可以與人大聲地溝通？不在意全班時間舉手發問？勇於表達自己的意見？看著對方的眼睛說話？要有多少自信才夠用？這些沒人回答的疑惑放進心裡，一泡就好幾年，問號釀不出樂觀，卻把心情變酸，讓青春期的琬總是跟著低氣壓走。

她戴著新織的毛帽走進教室，被全班笑是街友的時尚，同學們的笑聲鑽進她的心，像把鎚子打破一整缸的疑惑，流向憤怒這把火，接下來是一場場的爆破，與朋友老師父母和自己，有些時候她根本不知道自己在做什麼，但當她再也不編織的時候，失去了自己的秩序也找不回安靜的節奏。

當妳與全世界為敵時，歡迎來伴遊，就算肚子只有憤怒都還是需要朋友，當說什麼都太多時，我只會安靜陪妳走，有時加上一頓高熱量的早餐，給失能的情緒多點鼓勵。**不浪費時間尋找答案，一步一步安靜地走，若問題大到解決不了，我們一起把它牽好，**在妳吃飯時我不會亂跑，我會舔乾妳的每滴眼淚，直到妳說再見。

大王漢堡殿

中山
EARLY FLIGHT

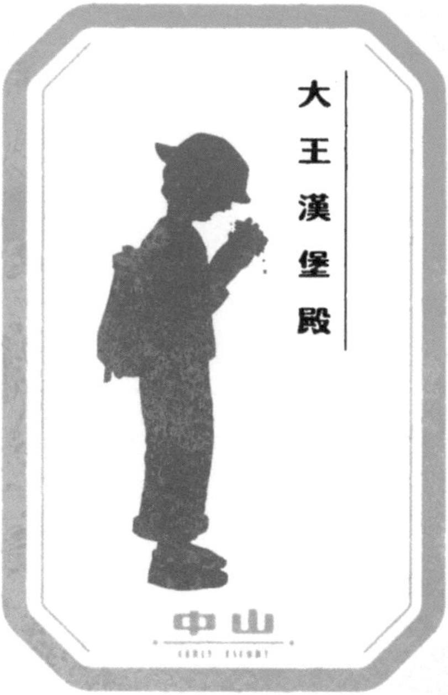

place ⑤

琬還在唸大學，害羞話少愛遲到。遲到不是她時間觀念不好，而是她連選雙鞋都會懷疑自己的決定。

這樣的憂鬱我從她凌亂的腳步就感受得到。可憐的女孩不知道自己有多好，下個階段應該就會被爸媽送去吃藥。沒自信的孩子不知道自己多重要，下個目標只剩消失就好。

今天不適合走太遠，慢慢橫跨單行道，帶她來到一個只有帥哥美女的早餐店——住著大王的漢堡殿。

在這能得到大量的卡路里與免費的讚美，每個人不是說我帥就是誇我可愛，配上加花生醬的豬肉排還有烤得酥酥的丹麥，好像怕妳不知道活著其實很美好。

謙卑地咬下蘋果與生菜做成的金牌，大王正在賜給妳幸福的義務。

琬的嘴角沾了一抹油與微笑，因為太迷人了我伸出舌頭幫她舔掉，這抹笑的有效期不如卡路里久，讓妳開心不如把妳餵飽，這不是英國的研究報告，這是大王每天的驕傲。

自信販售中

伴遊的客戶10個有7個的煩惱都來自缺乏自信。聽前輩說以前路上沒這麼多招牌時都沒人有這種問題，而當人們駝著背看著手機移動時，自信忽然變成了必需品，跟葉黃素一樣，少了就得補，用買、用借、用租，這市場提供各種服務，而伴遊也在這場買賣中。

沒自信的狗，不能走這行，因此我們在自信的市場屬於賣方，最直接的表現就是從不懷疑自己走的路，當客人還在猶豫左右時，我們總能快一拍地向前走，從不懷疑自己的好奇，鼓勵自己的決定，我們用這樣的眼神看著女孩們，讓她們相信我專業的路線，就算這不是她們喜歡的店，我也會充滿自信地窩進她腳邊撒嬌道歉。

我們把過多的自信分送給客人，伴遊的過程讓她體會不需懷疑的信心，客人買下這短暫的美好，我們不介意開紙本發票。反正只要讓我吃飽，能在陽光下玩草，只要智商沒有那麼高，自信就沒有完售的問題。

girl ⑥ 蘭

她從3坪的房間爬起，今天她想打扮後再出門。起床第一件事便是拿起打火機，讓房間煙幕瀰漫聖木的味道，冷氣下幾盆小小的多肉，是沒日照下還能漂亮的植物。房間沒有陽光，她卻把照明調得剛剛好，找好久才買到的燈罩，把壁癌染上橘子的色調，小小的窩，抹上柑橘的噴霧，少少地品味道。

香氣不止是儀式，吸進好心情給她勇氣面對門後的事實，在這分租的家，除了房門後設下的少女結界，其餘的領土都是異味的世界。浴室的霉味，室友的煙味，廚房的油煙，客廳的麻味，垃圾不分類，她每天都問自己，為什麼沒有成語形容衣服曬不乾的味道？這麼強烈的感受又關不掉，需要簡單有力的四個字，形容每種微小又持續的折磨。

她的生活不只不想要被異味侵略，還期待活得滿屋品味，每個角落有不同的故事，牆上掛著不落俗套的收集。這是去年夏天開始的計劃，看了同學家的 casa，瞬間想把鐵窗拆掉的衝動，一邊學日文一邊落入這深不見底的坑，在有多餘的空間搬進品味前，她迷上各種的味道，收集不同的香氣，她喜歡簡單乾淨的包裝，整齊地擺放，眼睛逃不過現實就用鼻子飛到更遠的地方。

台北的女孩都知道，中山是販售味道的一級戰區，從連鎖品牌到２樓小店，若不知道從哪去找麻煩請找專業，伴遊郎的鼻子比人敏銳１００倍，若比嗅覺還請叫我聲前輩。

Everyday

ware & co

CURLY
ESCORT

place ⑥

蘭不是一個寂寞的人，她需要的是我另一項專業，靠我敏銳的小鼻子來場香氛微旅行，滿足她被室友虐待的嗅覺。這原本是件冷門的業務，但隨著中山的香氛選物越來越激烈，這樣的客人最近越來越多，知名品牌到手工香皂，越來越多服飾店也在角落設了一個小櫃，更別說假日市集的各種手工攤位，隨便聞一圈先做好缺氧的準備。

她從包包拿出的 sample 是柑橘的味道，這不是辦案但猜對會有小費，先帶她去幾家知名的專櫃，轉身後過馬路走在單行道，有家按門鈴才進得去的選物店，招牌上寫 Everyday ware & co，這裡的桌上展示了各種味道，店裡的陳列歡迎妳挖寶，歐式的原木櫃檯出現在2樓的民宅，看得出為了品味店家不怕麻煩。

我還沒帶她在店裡走一圈，她已經站在放滿香味的桌子前，開始認真地試聞著不同的氣味，剛入坑的她努力記住此刻的味道，選香氛應該直覺的思考，但她今天只想直接問店員哪款能蓋過衣服曬不乾的味道，蓋過室友偶爾飄來的汗臭，有時飄過的菸味，有沒有這種神奇的蠟燭，可以燃燒牆角的霉味？

但她知道這裡不是大潤發，在一個漂亮的地方就不要把人家當水電行。

她認真地聞，禮貌地問著各種產品的特色，跟許多女孩一樣，在桌子前發作了選擇障礙症，每個人的病情不同，口袋越深好得越快，像是蘭這樣月底逛街的小資，早準備好放棄治療的打算，內心的天人交戰讓她的額頭慢慢冒汗，**我慢慢趴下，開啟懶散模式躺到她腳邊，用我最 chill 的方式跟她說慢慢來**。

若店員再來我負責跟她們玩，讓她專心與自己上演香氛交響樂，每支味道都飆著高音要妳帶它回家，請別害羞把自己當成觀眾，現在是做個指揮的時候，分配不同的 solo，在澎湃的衝動後還記得的，才是妳要的味道。

一個小時後，我睡了個午覺，蘭帶了整個樂團回家。

收集的樂趣

很開心與香氛行程的客人分享相同的嗜好，一起讓鼻子帶路，收集各種味道，有時我介紹剛上市的蠟燭，上次她開箱讓我聞一種新的味道叫鼠尾草，我喜歡這種精緻的氣味交易，勝過聞得到卻吃不到的飯局。

氣味在生活中是多麼的重要人類很難知道，每股味道都藏了不同的心情不只有臭與香，霉味雖稱不上臭但卻是一種無奈的味道，芳香劑雖然名字有香，但撲鼻的人工味是一種侵犯的味道，樹下的尿雖然聞到就騷，卻讓我知道其他伴遊郎的身體好不好。

世界上這麼多氣味我最愛收集的，還是女孩身上的味道，就算擦了香水的客人，還是沒有人有重複的氣味，聞到上百種快樂的方式，各種寂寞的配方，焦慮的汗香，每種心情都散發不同的香，一陣微風把她的頭髮吹亂，她最真實的樣子鑽進了我的鼻子，把這份回憶放進我收藏的櫃子。

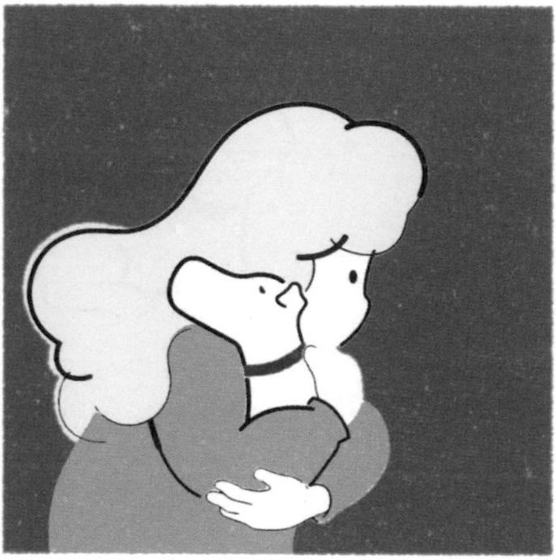

girl ⑦ 雅

她是帶著孩子的少女，為了女兒她的青春提早謝幕，也因為年輕，她比一般媽媽更有體力去提供照顧，也多了能好好享受片刻休息的幸福餘韻——這些曾被叫做小確幸的時刻，是她支撐起一個家庭的必要養分。

甜點一直是她的愛，女兒補習在中山，因為這裡是學區與美食的交叉地，等待不再沒樂趣，穿梭在不整齊的巷子裡，尋找烏骨雞蛋的雞蛋糕，酸種發酵的肉桂捲，一顆300的科技蛋糕，每一口都是一種療癒，每一盤都是獎勵。她舒服地坐在味蕾的搖滾區，享受視覺與味覺的深情對唱，高潮結束後就算燈光已亮，她會任性地喊聲「安可」，再到第二家品嚐最後一曲，若時間允許那也可能變音樂祭。中山充滿甜點的舞台，就連在吃路邊的麻糬也是種幸福。

這是她每週一次的巡禮，結束後總能掛上微笑，這是一個媽媽的 happy time。可惜今天她手裡多了個煩惱，那是老公早上忘了拿出門的手機，是那隻她剛好知道密碼的手機，是她知道不應該偷看但忍不住想看的手機，一隻讓她坐立難安的手機。這個3C已經打敗了她需要的糖分與理智，明知道看了或許根本沒什麼，但若真相不如預期，不知要用多少塊蛋糕才能填補傷口。

她猶豫不覺地往前走，時間快到我們相約的時候，手上緊握著手機，已經忍耐了3個鐘頭，以為可以先把偷窺放在腦後專心牽著一條狗，卻在等著紅燈的十字路口，慣性地檢查新訊息，她自然地按下自己的生日，解鎖了先生的手機，等著綠燈的人越站越多，她滑動得越來越快，當人群往前走的時候，她看到比煉乳還甜的文字，愛心主題的貼圖在每天的訊息中，可惜她不認識那位收件者。

place ⑦

今天看到雅就感覺到她肩上的怨念，她拖著腳跟的方式聽起來像重訓。如往常一樣第一站就走進 ABCD cafe，那邊除了咖啡只賣 6 種口味的甜甜圈，並不定時推出神奇的新口味。走出店裡她手裡拿著一個紙盒，裡面裝了 4 個花生醬培根。一出門口把第一個塞進了口中。

平常她都每種口味各買一個，今天的煩惱一定是又重又鹹的口味。她是唯一一位討厭伴遊的客戶，因為是她的女兒喜歡我。每週四的芭蕾課後與補習前，妹妹會先框我半小時，但抱歉我起跳就是 3 個鐘頭，剩下的時間我就陪媽媽吃甜點。這是她一個禮拜最 free 的時光，手上卻還要牽隻狗。

走到長椅上時她放了第二個進嘴巴，我吞著口水看著她。把鈕扣大的眼睛用力張，求她今天讓我知道那片薄薄的培根是什麼滋味。但她專注著把沾了花生醬的上唇舔乾淨，然後慢慢地閉上眼睛。在第三個與第四個中間，她說她剛發現老公與小三的對話，眼淚就像雷雨般落在剩下的兩個上頭。然而專業的母親只容許下場偶陣雨，擦乾眼淚她把第三個配著鼻涕吞下肚。

我慢慢靠在她身上給她一點溫暖，**我的工作是讓客人開心，下流寫在我的**ＣＶ。我開始舔她黏黏的手，用粉紅色的舌頭為她的手指按摩，打我只是害羞的反射動作，趁她巴掌揮下來前，我舔了舔她戴著戒指的手指頭。那沾過甜甜圈的無名指，上頭有我無法抗拒的花生plus培根的誘惑，消失的培根則是我犯罪的線索，這絕對是項違規舉動，但今天都沒有人禁止我。

她把眼淚擦乾拿出乾洗手，最後說了些什麼我聽不懂，不確定這療程是否有用，但她的腳步變得輕盈許多，她把最後一個放進小小的紙袋中，走向補習班擁抱一個堅強的理由。

希望晚上妹妹吃的時候，不會發現我偷吃的那一口。

part
①
心中山

伴遊的藝術

有些問題的等級叫做晴天霹靂，陪妳散步絕對無法解決這種災難，但至少在心碎了一地的時候，旁邊有另個心跳陪妳，讓寂寞遠離這場下雨的party，要哭要鬧沒有問題，畢竟每個月都會遇到這樣的客人，人類發明的問題狗勾沒有SOP。

看過客人哭了3個小時，看過客人醉倒在地，看過客人憋住崩潰，看過客人蒐證拷貝，看過客人面不改色，看過客人下一秒登入尋歡。100次的出軌有100種應對，每位客人的防衛系統沒有寫在備忘，由第一代伴遊郎口耳相傳到現在，能做的款待是一種入戲的陪伴，讓客人當導演與女一，我們能接住即興的每一個段子，不管是悲劇默劇喜劇短劇，用鈕扣般的眼睛看著客人的內心戲。

這是高段伴遊的藝術，沒經驗做不到，畢竟要多年的練習才能散發出療癒的眼神，今天為了幾個甜甜圈我連專心都做不到，身為狊類，我感到羞愧。

火柴の部屋

part

❷ 赤峰街

可以尖叫沒有關係，當我送妳的見面禮

girl ⑧ 玫

在鄉下長大的玫，每天走在樹林裡，從學校走回家的路上會經過2個露營區，她知道這邊是打卡熱點，這些營地阿北跟她說生意已經做到明年去了。玫會偷看來此露營的城市人，記住他們播放的歌曲，她喜歡 urban 女孩的穿搭，明明在山裡生活的人是她，看起來卻沒她們 outdoor？

週末上午她會去營地幫忙，她很喜歡咖啡的味道。玫的第一次也是唯一的一杯咖啡，獻給了山下的SEVEN，當時她吵著要阿公買給她喝，最後卻連一杯也喝不完，那令人失望的第一次，反而讓她在腦中浮現「真的咖啡一定比這好喝」的信念。阿公不知道咖啡是什麼只知道孫女喜歡，第二天放學回家，冰箱中放了一排上頭印有咖啡的罐裝飲料。玫擠出一抹苦笑，回到房間滑起ＩＧ，幻想著在可愛咖啡店裡喝杯真正咖啡的感覺。

今早她整理完冰箱時，看著穿件乾淨白 tee 的大叔，從背包中拿出時髦的道具，當他熟練地把手沖道具整齊放在露營桌上時，玫有點想衝上前把玩，她忍住衝動因為大叔開始了動作，從秤重、煮水到磨豆，每個動作都優雅地拿起與放下，相比山裡做什麼都要出力，工具又大又重，沒人 care 茶具的配色，這一系列手沖的連續動作，似乎給她上了一堂美感課。當她想鼓起勇氣上前發問，3 個全妝的女孩從帳篷走出，拿著鋼杯繞在大叔身邊，她遠遠看著女孩們喝進肚的表情，無法體會咖啡的味道，心想一定比貝納頌好喝。

她發願有天要去台北不只喝杯咖啡，還要小甜點，裝潢要復古，招牌要手寫，喝杯不是機器做的咖啡，不是從冰箱拿出來的咖啡，不是阿公買的咖啡（對不起阿公），而是一杯專門為她沖泡，有她喜歡的口味，只屬於她的咖啡。

權泉珈琲

place ⑧

玫終於搬來了台北，多年的努力就為了搬出沒有 Uber Eats 的小地方，她終於住在一個有團可以聽的地方，一個有展覽可以看的地方，一個可以選擇 SEVEN 或全家的地方，一個有咖啡的地方。

人生地不熟，伴遊陪妳走，跟她約在雙連站，慢慢地往赤峰街移動，一整個下午隨著咖啡香走，我不懂咖啡珈琲的差別因為根本沒有嘗過，只要喝上一口 espresso，獸醫也只能撿回半條命，但不能喝不代表我不懂聞，穿梭在中山，總會聞到咖啡香，人們來到中山手上一定拿著一杯，不是手搖就是咖啡。

玫的腳步從原本的雀躍變成了緊張，每經過一家咖啡店她總會踩著碎步，隔著玻璃瞇眼睛看著 menu，猶豫著我所不知道的事，也可能她只是想尿尿，或許她的膀胱只會在咖啡店前軟弱，難道她喜歡在咖啡味中留下自己的味道？當我以為這會是場難忘的伴遊時，卻發現她站在路邊默唸著 menu 上的咖啡名，每句後面都掛著問號，像是在學一種新的語言，表情充滿困惑，這時我合理懷疑玫是一位咖啡麻瓜。

想進入咖啡的異世界，帶路的導遊最好人夠親切，不會有過多的硬體炫耀與烘製分析，又能輕鬆分享用心沖泡的成果。放下那份驕傲與執著，我牽著玫走進權泉珈琲，在這小小空間裡，老闆不會讓尷尬存在，並以熟練的技巧端出玫在台北的第一杯（真正的）咖啡，喝了一口卻發現老闆的專業是聊天，半杯下肚他已經開始分享老家土產。

還剩下一口，她想留住這值得紀念的一杯咖啡，拿著杯子與老闆道別，她在店門口拍了張必須的美照，帽沿不是擋到鏡頭就是遮到眼睛，美美地喝咖啡還有很長的路要走，期待她在這條路上能交到幾個好朋友。

権 泉 珈 琲
KWON SAEM CO FFEE

夢想的伴遊

記得新訓的時候，我才剛離開那個舒服但沒自由的小窩不久，每天吃著沒有肉味的乾飼料，面對著不斷被當的禮儀課，身上還散發出異味，我開始懷疑自己會不會從此就當隻流浪狗，沒有女孩喜歡我。

凱文教練是我每天的夢魘，他給我一到五的魔鬼訓練，讓我心中漸漸忘記過去那個讓我喘不過氣的籠子，但腦中仍不時浮現從前的生活，想念吃罐罐配肉鬆，輕鬆地日子躺著慢慢過，但我想知道「自由」到底是什麼？

訓練真的好苦，我幹麼要為此付出這麼多？當我準備打包走掉，凱文教練開心地沒有一句挽留，他看著又餓又髒的我，叮嚀我在路上別被當成流浪狗抓走，他說要我等他下班陪我走回家，就這樣我第一次看見了完整的伴遊。

看凱文教練優雅的走在女孩身旁，等紅燈時用最標準的坐姿吸引路人目光（他能在一個紅燈逗弄4個女人，綠燈時還有2個成為他客人），還會在眾目睽睽下偷看女孩內褲，被抓包了就躺在馬路上掀肚，**他得到的不是審判而是4隻手的馬殺雞。**

接著他跟著一名女孩走進巷內髮廊，出來時嘴裡叼著熬湯用的排骨，說那是熟客給的小費，我不知道啃骨頭是什麼滋味，因為他只讓我聞聞肉渣味。他打了個飽嗝問我回家的路要往哪走，我說往七段的方向走，他說現在有點飽有點困能不能日送就好？要我路上小心不要被人抓到，到家時好好睡個覺。

空氣中還飄著排骨香，我問該怎麼達到他這樣的水準，他聞了聞我屁股對著我的胯下說：「啊～你現在要回家了我那知道？」然後我就跟在他的屁股後回到訓練的苦日子。

那天開始，當我每次被操到舌頭歪到嘴邊時，想起的再也不是那個小小籠子，而是我好想看見自己未來伴遊的日子。

girl ⑨ 婷

婷愛看展覽，固定看場表演，影展不會缺席，在人擠人的星期天，她會去赤峰街買底片，與其說這是文青路線，更像是一種資訊收集，但這些資訊更有美感、更有力量、更有故事，更能隨意加入話題。這些活動，曾經是那麼的漫不經心，有地址就能推門進去，不需排隊就能直接趴竿，但那似乎已經是好久以前的事。當一條修車的街出現 4 家選品店時，想要得到這些文化，就必須懂得排隊與預約，而今天的婷散發出一股強烈的焦慮。

今天想看的展覽開放預約，想看的表演中午開始售票，想看的片剛得到坎城認證，想用相機記錄這一切，卻發現沒有底片。從一個禮拜前就知道今天是決定性的一天，又發現今天是終於排到的伴遊天，命運就是幽默地如此殘酷，婷的野心是贏得 4 場勝利。在前一晚設定了預約時間，用桌機搶到票再出門赴約，電影場次寫在手掌中間，地圖標記了店家位置，畢竟這也不是她第一次打敗機率，婷可是在北藝看過奈良美智。

可惜運氣不在她這邊，網速太慢她下單時剛好完售，只好生氣又流著手汗的出門搭車，但下對站卻走錯了出口，然後一邊看著手機一邊背著焦慮走，我真的很想跟她說，妳需要在家躺平而不是找我伴遊。

place ⑨

今天與婷伴遊，她一邊滑著手機一邊牽著我，雖然這對我來說是種職業上的羞辱，但我的工作不允許抱怨。

問她去哪她沒有意見，我一往東她就要向西，她要我自由發揮卻又停停走走，沒有節奏的步伐我們要怎麼放鬆？我認真地看著她希望她能相信我的專業，不就是因為心情不好才又來找我伴遊，盯著螢幕只會越走越迷路，但我能做的也只是原地不動，故意讓她拉不動。沒想到她開始Google，搜尋如何快樂地遛狗，好像這一切是我的錯!?

進商行
進商行
マジカラ
D 8625

這位小姐站在赤峰街上盯著搜尋結果，沒看到迎面而來的 Gogoro，後照鏡輕輕畫過她的肉，只要再靠近半步，這條街就多了個倒楣的傢伙。

走在中山的巷子裡，請專心跟著專業的走，這樣的伴遊才有療癒效果。

或許我什麼都不懂，講到最後我只是一條狗，休閒是曬曬太陽就夠。

心老去

真的很不喜歡這麼囉唆，但走路麻煩請注意交通，文明的進步應該減少意外發生，可惜手機讓很多客人都忘了怎麼走路，只要出一次錯我們可能永遠無法再做伴遊，輪胎面前無法撒嬌，背了所有的錯只能下台鞠躬。

有幾位前輩就是在意外後消失在中山，沒有退休晚餐也沒有高掛牽繩，被媒體貼上了暴衝標籤在網路上炸了一天，沒看路的客人毀了一隻狗的前程，趕時間的外送結束了短暫的狗生，明明是悠閒的散步被抹黑為沒教養的飛奔。為此工會已經在準備一份伴遊合約，保護意外後客人與我們之間的法律規範，白紙黑字能解決事後的糾紛，但散步前要閱讀說明條文真的違反了輕鬆伴遊的本意。

時代在進步有些東西卻變得越來越模糊不清，單純的美好門檻越來越高，為了保護公平的權益和笨蛋的安全，簡單的事情也要多囉唆兩句，認真說又沒人在聽，為同樣的問題失去耐心，搞得我膝蓋還行但心卻先老去。

girl ⑩ **沈**

她從不介意被笑胖子，長大了知道因果相對，她甚至驕傲自己是個胖子，這是她執著的展現，沒時間在意政治正確，更在乎調味是否正確。

她的幸福能3吃，愛吃能吃又懂吃，多長幾斤肉的代價又算什麼？誰會相信一個瘦子美食家？若吉他手需要每天練琴，考試需要每天讀書，那吃貨就不能浪費任何一餐。但就算這麼意志堅定的胖子，還是討厭被人誤會。

她討厭世人對胖子的歸類，為何胖就只有一種胖？愛聽音樂的人會把曲風分種類，繪畫上也有明顯的派別，明明胖是因為不同料理創意，而發展出同樣的結果，卻鮮少被人們提起。她的社團有專攻拉麵的博士、本格麻辣的前輩、台北煎角的專家，更有不少專們摘星的老饕，各有各的領域，卡路里只是紀念品。

而沈則自傲為版上的澱粉殺手，這不是一條好走的路，許多吃貨為了多吃幾味，會故意把飯、麵、餅皮，不當食物浪費，但她不但餐餐完食，還能評論出各家的不同，用最基本的澱粉，品嘗出配角的高度，考驗店家對細節的掌控，這除了需要更大的胃，還具備敏感的味蕾，獨一無二的味覺記憶。沈的發文，猶如圭臬。

網上人氣很旺的她不缺沒有朋友吃飯，甚至不時有網友的飯局邀約，有時想念有人作伴一起大口吃飯，卻很討厭與人分食，更不喜歡邊吃邊聊，無法專心品嘗，更討厭吃到一半就變成酒局。她的煩惱在我的ＩＧ上找到了答案，我不說話也不喝酒，最重彼此的專業，**乖乖地坐著陪伴，飯後牽妳隨意走走**，幫助消化同時找到下個目標。

place ⑩

必須承認陪客戶吃飯不是我很擅長的事，但沈就是喜歡吃飯勝過散步。她的行程是直接走到 solo pizza，買塊拿波里來的瑪格麗特，一人坐在公園裡嗑。

飯局的伎倆我就一兩招，若沒用就只好把板凳坐熱。沈總是懂得躲避我無辜的眼神，冷酷地連同情都不給。若連餅皮都咬不上一口，今天就是我的末日，拜託給我個機會，為那一口我會好好地表現，不論下跪還是3折優惠，現在給我咬一口，我永遠都是妳的狗。

她完食了整塊 pizza 摸了摸我的頭，在我面前把盒子放進垃圾桶。

女人！妳就這樣丟掉我痴情看了10分鐘的寶物，為了救它可以讓我為妳少一塊肉，但她無情地把我的渴望丟進了資源回收桶，我忍住眼角眼淚，我假裝一切都無所謂，不值得為付不出同情的人流淚。

知天命

陪散步的叫伴遊，陪吃飯的還是請找飯局郎，同樣都是四腳走，但我們沒有常聯絡，通常愛吃的狗都被包養居多，在阿嬤界更是主流，過著皇帝般的生活，可惜這路線不適合我。

我好奇好動可愛又多情，受不了每天只被抱著走，中山之大有很多路要走，有很多的女孩等著愛上我，只要真心付出3鐘頭，贏得芳心晚餐同時修復一張美麗微笑，才是我想要的生活，一如睡飽不需要理由，單純如狗，想要快樂地活。

性格註冊了你的天命，看我知天命的笑容，就知我一切隨意。那些兩隻腳的客人們總覺得下個案子更重要，下個工作會更好，當伴遊不許想太多，給骨頭的客人就是戀愛。

girl ⑪ 玫

晚餐的時候玟跟媽媽又吵架了，2隻牡羊在草原都會衝撞，更別說關在30坪不到的華廈，她們吵架從不缺靈感，一語不合就battle，夾起一塊麻油雞時媽媽drop了一個油鍋上的話題——玟的工作是什麼？

每次提到她的工作，媽媽就能快嘴200個問題，問號像鐮刀快速往下砍，沒受過訓練的少女，絕對撐不過3招就抱著砍成兩半的自尊心領便當去，但玟從會說話時就開始與母親過招，多年的磨練不再只會流淚。但也真的不能怪老媽質疑，畢竟她真的很難跟不用網路的人解釋什麼是網紅。

「妳會唱歌嗎？」「會演戲嗎？」「模特兒嗎？」「上電視嗎？」「都不做怎麼能賺錢？」「直播有錢嗎？」「需要裸露嗎？」「有勞健保嗎？」「陌生人會看到嗎？」「網路世界很危險！」

玟回答的分貝開始漸漸拉高，母親只要聽到拍照上傳就能賺錢，YouTuber開口閉口的乾爹，激動的媽媽就開始freestyle，不斷跳針問著為什麼？玟不停地解釋也用力反擊，脣槍舌戰下難免內傷，她不需為這個上世代女人做改變，但她其實也不知道自己什麼時候當起了網紅。

明明跟著同學一起上傳的自拍，她的讚就是比較多，一起拍的沙灘照，全校都看過，一起去宜蘭SUP，上傳的照片征服了PTT，本來就會玩攝影，基本打燈是常識，遺傳媽媽的美麗，教科書般的body，還沒下廣告，業配就排到半年後。

手機裡隨時都有上百則訊息等待回覆，媽媽整天在耳邊囉唆，乾爹的收入沒有少過，想存夠錢搬出去住，自然開始網紅的生活，她學開箱，化妝，美食，分析ＩＧ，挑戰抖音，經營Twitter，試著拍片，回覆留言，根本沒休息時間，從來沒有想過未來要做什麼，卻已經做得得心應手，不確定自己真的合適，粉絲卻需要她的建議。

心中發現猶豫的前兆，請儘早來伴遊，在做下一個決定前我陪妳慢慢地想過，情緒處理容易惡化成焦慮，不要急我們先在草地上chill，讓草的香氣平緩緊張的心。

place ⑪

網紅玫邀我媒體交換免費伴遊一次，可惜本人少了點禮貌。我帶她去的景點她每個都需要比較，要看Google評分和#熱度，交叉比對美食YouTube與網友回覆，她說鑑賞是她的專業，但我聽不出來這是她的興趣或是對所有事的任性。人們常常以為伴遊腿會累，但其實耳朵才比較酸。

我看不懂那些數字，但對品味也略有攻略，**真正的品味是一種 full time 的愛**，時時刻刻的想念，日日夜夜的復習。我帶她來到了建成公園，讓我為她上一堂我自傲的品味「草皮鑑賞指南」。

吸草寫在我的DNA，比癮更深的叫做愛，戒不掉也死不了，但若一天不吸草，全身癢到不想活。草皮分很多種，帶點濕氣的草皮是高級中的限量，濕氣逼出草與土的香味，讓草變得柔軟也更有彈性，

帶著綠色的水滴，是白天也能看見的星星。不論是色香味都是頂規的奢華。建成公園排水不好，也因此能夠常常出現這種高檔貨。可惜今天只有乾草，它的氣味沒那麼好，所以欣賞的方式不同，我最推薦的是全裸磨蹭在草上，直到有人願意加入我。

網紅沒全裸，拍了張我在草地上的裸照，得到18,530個讚與2,478次轉發，屌打她IG與FB上的所有照片。

評論只是閃電，真愛才會發光。

做自己

在人擠人的中山，找到幸福的人卻沒有想像得多，許多女孩花了時間找著另一半，卻忘了認識自己更快樂，熱情這件事本來就花時間去尋找，不是忙碌就找得到，時間沒用自己的方式花，等著被現實扒光光。

想起剛入行時流行哥德風，出道我取了個名字叫文森，踩著神祕腳步眼睛蓋住的造型，散發尚未熟成中的不羈，但每當客人撩起我的瀏海，看見我鈕扣大的黑眼睛，都會尖叫一聲好可愛，然後肉乾一條接著一條給，吃得我以為自己是「辣妹曾根」，胖了一圈才明瞭，想要的不見得做得到，打完了飽嗝直接睡覺。

嘗試可愛路線後才發現，大型犬才有資格被貼上帥氣與神祕的標籤，我吃可愛長大就只好習慣稱讚，3年後哥德被韓風割頭，哥德郎的長髮剪成栗子頭，就怕業績掉到要找包養，好在我的客人一個都沒走，她們看我練習可愛，從不懂禮貌到令人融化的撒嬌，我翻出肚子逗得熟客呵呵大笑～

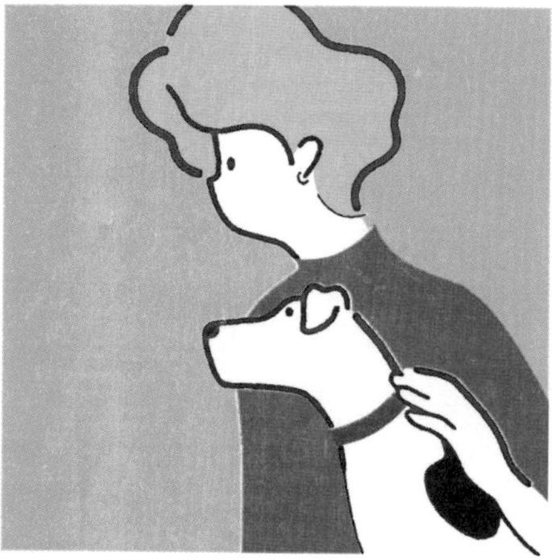

girl ⑫

宜

宜是位稱職的員工，每天重複著井然有序的生活，她需要的所有刺激，靠「神來也」滿足就夠，就像她吃飯不愛調味，清淡的生活最對她味，喜歡簡單的規律填滿每一分鐘，跟她約請提早一個月，她會負責行程與訂位。

今天她又提早把報表打完，以為一天結束時，卻在回家的路上遇到了這3年來最刺激的事：她被搭訕了！對方請她把手機關靜音，她才發現藍牙沒連上耳機，她努力將頭埋到最低，用力擠出的道歉聲帶點抖音，下一站門沒開完就拔腿逃離所有人的眼睛，直到聽見月台關門聲，她才吐出憋在胸口的壓力，但氣壓太大釋放太快，又不小心放了個屁。

她轉身檢查四周狀態，又見到那名男子尾隨身後，對方示意要她摘下耳機，嘴形似乎在說「不好意思」，她緊張到說不出話，同時間她耳機中播放著〈聽海哭的聲音〉，石化的宜試圖拿下耳機，眼角餘光瞥見對方眼睛是可愛的單眼皮，她感覺到空氣中突然飄散一股淡淡香氣，但她卻決定要在一分鐘內執行第二次撤退。

宜成功逃離了現場，內心卻逃不過那雙可愛的眼睛，就算努力滑著手機，一關上燈腦裡就出現那雙單眼皮。今晚，她突然想來點微辣的幻想，重鹹的想像，帶著那份殘念恍惚入睡。若早起後像平常一樣吃粥，我祝她有個good day，若睜開眼就飢腸轆轆，想要來點不一樣感官體驗，請別害羞快來預約伴遊。

place ⑫

只滑手機不擅長走路的宜，我帶她坐在「赤峰月見君想」門口想在這等伴遊結束，等她雙手有空了，說她餓了想吃點東西。點了一份咖哩飯，配上一杯混著沙士的調酒，她面無表情地慢慢吃，我盡量不打擾客戶用餐，只會靜靜地靠在她身邊，痴情地看著對方享受著單戀的浪漫。

我猜我的眼睛融化了她的心，她放下湯匙卻不是檢查閃著藍光的手機，下一秒感覺到一股暖意，遊走在黑毛的領域，宜握緊我尾巴的那一刻就知道她不是第一次做這種事，一股帶著大量多巴胺的酥麻傳遍了我每一個細胞。「我不是隨便的伴遊郎」這句話已經送到了嘴邊，她的手卻騷進了我胸口，Damn！敢摸我就別怪我享受，假裝不了的衝動，忍不住伸出了舌頭舔乾淨她嘴邊的咖哩，意外地沒有人拒絕我。

台北月見ル君想フ

吻過她的舌頭、脖子和耳朵，在細緻的肌膚上散發出來的咖哩味，讓我在這個 Wonderland 裡迷了路，不知不覺失去了專業，導航當機越過了界，一頭鑽進她兩腿中間，感覺到她體溫時沒有向後躲，我決定向下進攻，她的指甲緊抓著我的捲毛，呼吸越來越重我知道我沒有做錯，既然喜歡那我有 all night long。

不知過了多久，她顫抖著把我推開，我舔得舌頭發白，趴在地上掀起肚子準備好換她來侵犯我，用那溫柔的雙手來給我按摩，我們就這樣互相服務在人家店門口玩了好久，這場遊戲美得像夢，伴遊是全世界最好的工作。

我可以色色

這是一個不公平的世界，有些人可以色色，有些人不能，身為伴遊我完全無法體會「沒有色色免責權」的世界，誰想離開這個不會被拒絕的遊樂園，一場不用買單的派對。

這裡我用盡所有力氣和女孩相會——鈕扣大的眼睛情勒地撩，黑白的捲毛招喚妳摸，抓舔咬聞穿梭在尺度邊緣，動作越激情，喘息聲越大，但卻沒人捨得分開，光天化日水乳交融是星期三的日常。

若有人好奇要到哪申請這麼好的條件，我可以先介紹我的醫師給你認識，他用最新的技術，讓手術後不用回診，傷口縫得又細又小，縫線會自己溶解，醒來以後再也不必擔心色色的代價，因為蛋蛋還清了。恭喜從今以後你可以色色ㄉ。

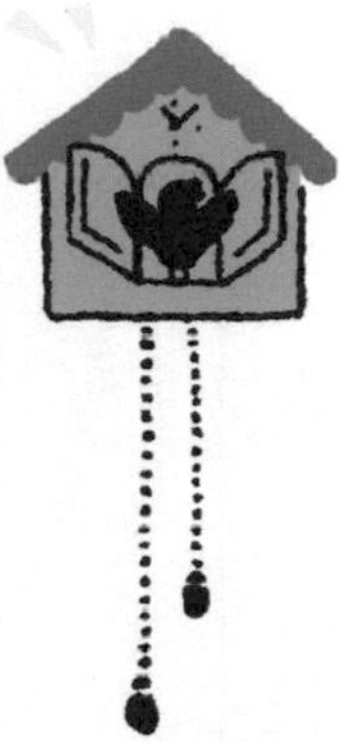

girl ⑬　　　　　　　　　　　宜 2

她的身體發燙，但不是發燒，這種偶發的飢餓感最近越來越常發生。有時她會想念前男友幫忙打針治療，幾次受傷的情感，發現這不是一場公平的交易，賠上了太多眼淚與信任，她寧可單身也不願再6刷一場主角不同但劇情一樣的感情。自己的燒自己退是自由的展現，直到Tinder出現，才發現一個新的世界。

原本以為只用一個平台就夠，沒發現Tinder是一個gateway app，打開了各種手指約會的平行宇宙，從隨便玩玩到變成pro只要一個週末。在不同照片背後她可以冷可以熱，可以聊可以撩，可打字可點讚，臉紅心跳後螢幕切換到「神來也」，放下手機又能回到井然有序的生活。

今天原本想試試另一種感受，找隻狗來走一走，以為吹吹風可以降降火，誰知道拿了桶油來救火。她馬上拿起手機擁抱演算法給的幸福，熱鬧的中山擠滿水泄不通的單身帳號，比平時更多選擇讓她的嘴角微微上揚。

place ⑬

與宜離開激情的月見，走出店她下一秒又變身成為少女，好像按了重新開機，這種對不上拍的過門讓我口吐冷汗，她面無表情地拿起發著光的手機，低著頭牽起我往車站的方向走，好像什麼都沒發生過。

這種態度真的很難懂，明明剛剛還那麼享受，為什麼不繼續，難道是我哪裡不夠？越想越不安只想要快點下班。這時一道光灑在一個攤販上，我看到傳說中的仙攤，連Google都搜尋不到的奶油捲，不固定出現的時間與位置，奪取信徒排隊的權利。這仙攤賜給世人的禮物——軟軟鬆餅緊緊擁抱綿密的內陷：紅豆、花生、芋頭與奶油，讓迷失的人找到15分鐘的快樂。**對中山人來說看到仙攤是一種福氣，吃到是一種傳說。**

但宜緊盯著手機往前走，手指快速地滑動，外套與神仙擦了肩，我揪起牽繩提醒她就要錯過的幸福，她用力地扯我的喉嚨要我乖乖走，我以為激烈的抵抗會讓她停下腳步，但有時任性比暴力還恐怖，我悄悄地回到她身後，因為狗沒有勞健保。

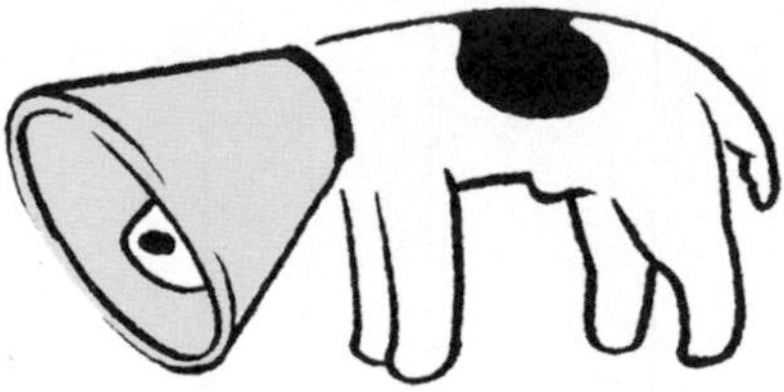

part
②
赤峰街

家犬

身為 4 隻腳的好朋友，每天跟不同女生手牽手，最常被問的一句話，是不是隻流浪狗？多麼歧視的問句，就因沒有人養我，就忘了我有工作？我每天這麼努力地活，休想把我關在小小的狗籠，要我忘記夢想是去更遠的地方聞到更多女人香。

我這麼優秀怎麼可能沒主人？她是那麼疼我讓我享受各種尊榮，但每天在一個小小的籠被關 8 個小時，我會從人類最好的朋友變身為笑不出來的地獄㹴，我破壞得越多，她就越晚回家餵我，我越對她冷漠，出去放風的時間就越來越少，從小時候的相親相愛，到沒幾個月就成了極權主義。

找到一個天賜良機，為了夢想我奔向了自由，而為了不當一隻流浪狗，就必須去找份有鑵鑵的工作，而伴遊就是我選擇自由的理由，因為我就是戒不了女孩的味道。

喜歡聞不同女孩的氣味，不同嘴唇的香味，不同抱我的方式，不同可愛的樣子。我知道忠心應該是我的標誌，但要我這短短的一生只能被一個人擁抱，慾望被裝進狗籠，沒被關過的人不知道，那就像是喉嚨卡著填充玩具，呼吸每下都又短又急，又不確定下秒能不能喘的過氣。

當個寵物生活真的容易得多，不用擔心飢餓也不怕下雨，乖乖地吃飯乖乖地活，當隻好狗快樂多，可惜我愛自由自由愛我，穿梭在中山的十字路口，每天我陪女孩女孩陪我，她們自由地走，我努力地工作，遊走在尺度邊緣，貪心收集各種不同香味。

girl ⑭

玫 2

當了網紅一年多，廠商把她的生活安排得很充實，出現在新品上市的活動，相簿裡裝著多采多姿的生活，心裡的問題卻越來越多：為什麼追蹤人數卡在30萬多，是不是廣告下錯下不夠？為什麼其他網紅有那麼多話要說？約一家新的店輪流拍照喝下午茶，其他朋友都能在限動上寫出好多正能量與感性的話，但她除了好吃好喝就不知道怎麼跟粉絲互動。

每個人的限動都說做自己就好，但每次她打出來的文字都不適合業配，廠商禮貌問她能不能別這麼負面？青春的誠實被同業笑說幼稚，讓不停在原地打轉的她忍不住懷疑，原來做自己會讓工作停滯不前？這個問號放在心裡越沉越重，尤其是看到別人照片裡的笑容，她能躲過母親的疑問，卻放不下自己種下的懷疑，青春的賀爾蒙沒有規律地躁動，多出的負能量沒有護墊吸收，她在網路上用詞準確，日常生活卻掛著臭臉，尤其每次和媽媽吵完架後，會有8小時失去基本禮貌。

若在這中間還要面對酸民，額頭似乎會長出兩隻角，背景有火在天空燒，當這世界把妳當魔鬼，快來伴遊降個火，**在我面前根本不用擔心做自己，出現在我眼前我就只想討好妳。**

place ⑭

自從網紅玫貼出我在草地上拍裸照後，粉絲成長28％，她說想約第二次，卻還是堅持硬凹免費伴遊來做媒體交換，她香香的我說YES，但希望有人教教她基本禮貌。

她想拍中山的最強美食，我不知道要怎麼定義最強，但心裡卻只有一個答案：濕濕的排骨放在白白的飯上，下過油鍋的炸蛋放在解膩的白菜中，台灣人才懂的美學，赤峰街的無名排骨飯。

在Google上不到4顆星，網紅拿著手機直皺眉，沒有裝潢沒有招牌，找不到適合拍照的角度，唯一能夠證明好吃的是門口的隊伍，沒有號碼牌不分內外用，在點餐前只能乖乖地等候。玫心不甘情不願地站在隊伍最後，我們每5分鐘往前30公分，這漫長的等待先從站在看不到菜單的街邊開始，快到門口時海報上只有兩個選擇：傳統排骨飯或招牌牛肉燴飯，沒跟你廢話的menu，卻不是個簡單的決定。

隊伍直接穿過餐廳，有很多時間觀摩活體見本，這兩樣招牌都像掛上了

福
SMTWTFS

閃亮的濾鏡，每個盤子裡都撒滿著勾芡的星星。我推薦的還是排骨飯，先炸再滷出甜味，是練了數十年的基本功，不會塞牙縫的排骨，是排骨軟嫩多汁的體貼，高溫炸出的golden brown像是盛開的一朵花，一口劃破它，會流出黃色高潮的汁液。

就這樣站了25分鐘，再等兩位就能打開天堂的門，這時有個來自地獄的聲音說：「今天排骨賣完嘍。」簡單的幾個字完結了整個隊伍的氣勢，大家拿起手機聯絡起在家等飯的那個人，每通電話都是失望，每條回覆都是心碎的聲音。

我抬著頭看著紅著臉的網紅，想跟她說最強的前菜，是先被失望炸過再用耐心滷過的期待，可惜她忙著跟老闆大小聲，邊吵邊鬧的送出1顆星。

第二天攻上了新聞熱搜，關鍵字是「網紅想吃排骨飯」。

吠叫的快感

為什麼活得那麼憤怒卻不能吵架？做了伴遊才搞懂，曾經我也是一隻愛叫愛鬧的狗，對主人叫對影子吼，更別說隨便聞我屁屁的博美狗，別看我長得可愛凶起來連我自己都會怕，直到專訓的時候，我的前輩凱文教練是隻巨型博美狗，他的魔鬼訓練讓我知道了為什麼。

當家犬時我很兇，每次遛狗都像進了八角籠，味道不對就開嗆，管他吉娃娃還是聖伯納，被嚇到的就是手下敗將，想咬我就跑給你追，狗命一條誰都不怕，走出我小小的籠子就是一個憤怒的世界，吠叫是我唯一的武器，把憤怒發射出去的快感，是我需要的精神罐罐。

開始訓練後才知道伴遊不能吵，我忍了半個學期終於在一隻柴犬前發飆，我睡得好好就硬來聞我屁股，一秒變身地獄狸互吠到天亮，還沒看到日出我們都被退訓，我在路邊哭到不能自已，柴犬已經回家找他的主人，凱文教練走到我面前，跟我開了個條件，若我能通過他的訓練，就能回到班上，從那時開始他隨時都能聞我屁眼。

面對我最痛恨的一件事，手上沒有選擇權，我答應了凱文教練的條件，從此提心吊膽地活，想到已經無處可去，為了聞更多的女孩與嚮往的自由，不論一天的什麼時候，醒著還是睡著，公開還是沒人看得到的地方，凱文總是不時地出現在我胯下中間，有時輕輕地用鼻子吐氣，有時像 dyson 般的強勁，直到結訓那天我漸漸習慣教練在我跨下出現。

拿到證書的那一刻，他說已經聞過我 665 次，現在要來聞最後一次，要我永遠記得 666 這數字，這數字代表我已經忍耐了 666 次，再多一次也不是這麼難的事。現在開始的職業人生，只要在接客時沒能忍住第 667 次，不僅職業牛涯要被關回籠裡，在伴遊圈也有被炎上的風險，值不值得就讓我自己決定，現在我腳要站開一點，凱文說他開始想念我的味道了。

girl ⑮ 宇

宇都快忘了什麼是週末，忙季的時候想休假只會讓自己難過，等到10個企劃都寫完時，只剩一天能把自己打扮成美麗的伴娘，因為明天要參加姐妹的婚禮。

美麗不是一個簡單的行程，是一個團隊的合作與美感的組合，通常需要時間累積才能擁有最好結果，但中山的職人能賜給女孩一段神奇的蒙太奇，事前預約排得好，一條街的服務從頭到腳，口袋噴一噴一下午就能變女神。宇還剩下24小時，變身的時間綽綽有餘。

雖然有很多行程要跑，但前一晚她卻興奮得睡不著覺，伴娘服早就分配好，依照禮服的配色選好指甲的風格、睫毛的捲度、瀏海的長度，期待去選一些有質感但平價的配件，最好有時間挑幾件新的內褲，化了好幾個月的工作妝，星期天的美會帶一點報復。

看著已經排得滿滿的預約，卻貪心地想要個伴，陪她到處走走當觀眾，欣賞她變美的過程，必要時提供意見，站在懸崖邊時推一把讓她入坑，最好對方還要長相可愛，聽話就好話不用太多，以上看起來都是伴遊的工作，但牽起手才發現這不是我能跟上的速度！

place ⑮

宇好像不太懂，伴遊是種放鬆。她堅持行程塞滿滿才不算白過，走一圈中山她要shopping、做臉、剪髮、美甲、發限動的同時還能比較哪家折扣比較多，一整天我緊緊跟在她旁邊走，就怕沒跟好下一秒就走丟，伴遊就快結束的時候，她忽然大叫一聲發現身上少了一個帆布袋。

她焦慮地打給剛剛去過的店家問，想到袋子裡裝著她的iPad，焦慮的眼淚就要從眼角流下，可惜得到的回答都令她失望，「不好意思麻煩了，」說完她默默掛上電話。客人有難我一定站

在前面擋，但有關 3C 的失蹤案我們真的幫不上忙，不但要被牽著來來回回快步走在焦慮中，當用心製造的浪漫被不討喜的粗心打翻，當客人慌亂地掛失又報案，我只能無奈待在原地動也不能動。

伴遊最怕3件事：「怕貓怕餓怕事多」，畢竟我是簡單的傢伙，容易興奮容易累，當她講第 4 通電話時，我趴在 Par Store 店門口，心中無法停止的碎唸，**「台北仙人救救我，我只想陪她慢慢走，佣金我都不用收，現在只想躺著過。」**

曾經的驕傲

曾經我們可是很擅長找東西，鼻子好的狗不怕沒工作，打獵時聞到獵物的行蹤，最強的都去了機場打工，地震時我們能從瓦礫堆聞到生命，女孩難過時我們能從抱怨裡聞到需要溫暖的那顆心。

可惜現在客人掉的東西根本沒味道，專業的嗅覺一轉眼就被時代背叛，那些長得像黑色鏡子的東西，大大小小都叫做３Ｃ，不同的廠牌與不同的型號，不同的外殼不同的顏色，但全部聞起都一樣，妳是要我怎麼找？

我能聞到的是一股焦慮的味道，若躺在草上我會試著舔到讓她微笑，可惜我的吻比不上３Ｃ，每次只要這種悲劇一發生，我就確定再也見不到這位客人，雖然不是我們的錯，但也只能默默地背上一鍋，畢竟一場約會搞得某樣３Ｃ失蹤，都不可能與浪漫扯上邊，沒能開心就不是成功的伴遊，說其他的藉口也沒有用。

期待下輩子我們相見的時候，能再好好陪妳走一走，好好聞聞妳肩膀的味道，說不定那時３Ｃ已經裝進她身體，再也不會掉。

part

③ 大同區周邊

沒事的話，可以愛妳嗎？

girl ⑯

雅 2

她的人生現在站在一個十字路口，面對4個只亮紅燈的人生，最痛的背叛總是來自最親的人，小心翼翼地打包這份悲傷，因為手牽著剛下課的女兒。

躡手躡腳把先生手機放回原位，裝作沒事用力地做家事，直到夜深人靜閉上眼，空氣只剩旁邊的呼聲，不規律的節奏打破了那一鍋熬過頭的痛，眼淚小聲地流向枕頭，小心地啜泣就怕吵醒孩子的爸，在不知道下一步前她還不想讓他知道，因為她是受過離婚教育的新女性。從小從瓊瑤看到鄉土劇，八點檔或偶像劇，日劇美劇加韓劇，看過的離婚劇情比喜劇多，知道接下來會發生什麼事，但不知道傷心欲絕是如此痛不欲生，所有哭鬧的橋段在她心裡上演，閃過法庭裡的劇情，１００種悲傷在她大腦提案，每種難過她都不想買單，因為結果都是沒創意的廉價悲劇。

就這樣眼淚流了一整夜，一到橘色的光出現在天花板的角落，像把火跳在黑夜中，睜了一晚的眼輕輕閉上，期待這把火燒光一切，不用起床不用面對，一家三口天堂見，親愛的下輩子不要再讓我遇見，這個黑暗的結尾被鬧鐘喊卡，睜開眼看見橘色的陽光照在天花板上，疲憊的身體裡躺一顆破碎的心，這種設定該怎麼面對今天？

少女可以繼續睡或開一瓶酒認真買醉，但媽媽鬧鐘響了就要開始角色扮演，有１００件事得做沒時間崩潰。她精彩的演技讓女兒以為是正常的一天，她得用最快的速度消失在老公面前，她知道除了悲傷還有很多事要做，她需要一位軍師一起計畫，為了女兒她不能意氣用事，因為法律面前無法ＮＧ。

當代廣場

place ⑯

今天看到雅就感覺到她臉上的黑眼圈，她眉心皺得像是小籠包的中心，對睡眠不足的客人我不要求一定要散步，我們就坐在當代美術館前的廣場上，目睹一位母親在10分鐘謀殺3個甜甜圈外加一個肉桂捲，再留最後一個給女兒處置。

剩下的時間她開始跟我抱怨，說她的婚姻多慘活著有多累，但我的耳朵沒有降噪模式，只好用比較原始的方式讓彼此都好過一點。我從伴遊袋中咬出一顆會叫的球，要她用力地丟到廣場的另一頭，主婦的嘴巴沒停過碎唸，心不甘情不願地丟了個拋物線，我只用3秒就將球撿回，放在她冰冷又忘了擦乳液的雙手。

她似乎沒有討厭這遊戲，漸漸地把球丟得越來越遠，口中的抱怨也越來越激烈，可惜我跑太快都聽不見。**千萬不要怕我累，把煩腦丟給我去追，只管坐在原地大聲唸，妳丟我撿不會累。**

吃掉妳的抱怨是我的專業，才不像她那後知後覺的女兒，看不見媽媽眼角的眼淚，相信這破綻百出的堅強，期待著補習完的小甜點。可惜今天不是她的 lucky day，因為我不小心調包了我的球與散發培根香的甜甜圈。

part
③
大同區周邊

人類的樹洞

有人覺得跟狗講話很奇怪嗎？來找我伴遊最後變成單口抱怨的客人絕對比妳想像得多。我聽得懂客人的煩惱嗎？我懂也不懂，有些人能用語言溝通，但卻分享不了感受，而我聽不懂妳們說什麼，卻能分擔承受不了的痛。

「空氣中的不安我聞得到，忽快忽慢的心跳我聽得到，臉頰上的眼淚被我舔掉，哭累了抱著我睡個午覺，我不累但願意陪睡，一覺醒來忘記所有煩惱。」

這首詩收錄在《伴遊守則》的第18頁，可惜從來沒有發生過，直到接客後我才知道，人在難過的時候沒人會想睡覺，睡覺能解決的也不叫煩惱，那些心裡面髒髒的東西，就是要拿出來倒，但越髒的東西越不想讓其他人知道，這時4隻腳的好朋友就成為人類最可愛的樹洞。

安心地把垃圾倒給我，早在文字發明前我們就一直聽著人類煩惱，請把祕密交給我，保證對誰都不說，從住在洞穴時就跟在妳身後，到現在我的狗糧能用藍牙遙控，不論妳們的煩惱解不解決得了，只要依循古法來找伴遊，我們是經過歷史背書的好朋友。

girl ⑰ 茹

她喜歡生活的儀式感，可能是從小受父親的影響，喜歡把玩爸爸房間的機器，還記得雙手控制按鍵的觸感，上手時會有自己的節奏，從小時候學好久才會操作的黑膠唱片，來回控制快轉與倒帶的按鍵，上小學後幫爸爸裝底片，這些小小的儀式一直保存在父女之間。

先把相機的背打開，小心翼翼地放在平穩的地方，把底片的舌頭拉出來，放進相機左邊格子上，蓋上蓋子聽相機捲著底片的聲音，小螢幕出現1就代表 ready，那是她爸爸送她的第一台傻瓜相機，每次出遊前的小小儀式，平日相機放在防潮的箱子。傻瓜相機在茹上大學時被一隻聰明的手機取代，而父親也不再是她最常打電話的人，偶爾她去市集的時候，才會把相機掛在胸口，以前一天拍3卷現在一卷拍3個月，她還是喜歡去拿照片的興奮，但更需要沒有時差的限動。

爸爸默默地什麼都沒說，還是會問需不需要什麼新鏡頭，不時地送她底片讓她拍個夠，從她搬出去後就沒斷過，今天她看著角落堆起的底片山，決定帶著相機出去走走，打給伴遊邊走邊當她的 model。

中山

CURLY ESCORT

荒花

place ⑰

這是一個令人厭惡的星期一，明明下了一堆廣告主打我的招牌行程「中山郎與妳全裸滾草地行」，茹卻拿著底片機堅決要走文青點，每次接到文青行程就令人想轉行當貴賓犬。

「怕貓怕餓怕事多」，寫在《伴遊指南》第2頁，走在「荒花」路上的69巷，是中山貓味最濃的一條街。每次去69不是沾上一身貓腥味，就是多了幾條貓抓傷。我確定那是個危險的地方，必須格外保護客人的安全。

今天的茹也跟過去的客人一樣白目，明明老遠就看到把霸凌我當興趣的黃白兄弟，還是當作沒事地往前走。我站在原地要她不要再往前一步，那4顆眼睛早就狠狠地盯著我，我真的不知道他們下一秒會做什麼，而她卻把鏡頭塞到兩隻兄弟前，用底片機拍下他們噁心的瞬間。

黃白兄弟每天不停在freestyle，每首歌都唱著自己是from the street的real OG cat，大聲的說自己多壞多凶多街頭，下一秒卻變成了舔著「愛媽」腳趾頭的貓，只裝出3分鐘的可愛，就想合理所有的荒謬！

我大聲地想要揭開他們的真面目，但茹不但不聽還怪我嚇跑了他們，我用力跟她說我想保護妳，可惜叫破了喉嚨她也不相信。

他們行為是撒旦，卻扮演了完美的天使，從來不重訓，卻一拳打爆我，只是踩到了影子，就突然從後面偷襲，整天不工作，貼圖卻賣贏我！明明不愛吃，罐頭口味還要比我多，忠心一輩子，敵不過他們在定點拉屎，這世界的正義到底在哪裡？

天敵

我不覺得有任何人類懂有天敵的感受，你們有文明可以用語言溝通，我們同種的可以交換氣味，而天敵是來自不同星球的生物，每天來侵略你地盤，路人還覺得可愛，躺在那邊不僅吃得到罐罐，還有妹子主動餵肉泥！

每次一靠近他們就露爪拱背，進攻的速度快到我看不見，發出尖銳叫聲宣示主權，不論是虎斑三花還是四腳穿襪，每種花紋都深藏不同的進攻方式，對我會抓會打從背後偷襲，對女孩則是睜大了眼窩鑽進她們大腿，我發誓他們發出「咕嚕～咕嚕～」的聲音絕對只是假裝可愛，只會一招半式卻搶走我一半生意。

不知道該跟誰上訴這種不公平，祈禱他們哪天回到自己的星球去，中山太小容不下伴遊與沒禮貌的貓，但教練凱文說這種幻想永遠不

會發生，給了我建議後他回過頭聞我屁屁，他說：「打不過就假裝看不到。」我問難道教練也打不過喵星人？他是伴遊裡體格最好的巨型貴賓，怎麼可能無法一拳KO？

他從我胯下抬起頭，將屁屁湊到我鼻頭，他的捲毛下隱約露出3條痊癒的傷口，他說不想再看到有後輩因為打架受傷，「說到底我們和喵星人也算同行，都想要讓女孩開心，中山很大繞路就好，有時忍耐是和平的唯一辦法。」我點了點頭卻無法完全認同，我真的好想要妹子拿肉泥餵我。

girl ⑱ 琳

琳的智商在出生的時候就比別人多，從小沒在全校掉出3名外，跳級發生在她身上一點也不意外，學習就是她天生的外掛，不但吸收快也記得牢，兩個碩士學位不能滿足她，拿到博士後人生才正式開始。

寫論文的日了很黑暗，是條又窄又長的隧道，看見遠方的光卻總是包圍著黑暗，想念碩士論文的悠哉，多翻點書輕鬆寫完，現在已經超過10萬字，卻好像還沒寫到一半！教授跟她說放慢腳步不用太緊繃，選了個龐大的題目就慢慢研究，但這不是她習慣的態度，設定的目標就準時完成，是她的就該得到，才是聰明的展現。

可惜今天晚上她的鍵盤敲敲停停，少了以往快速跳動的旋律，連續一個月沒日沒夜地看著螢幕，字體變得模糊思考被疲憊塞住，加了奶油與棉花糖的熱可可救不了這個沒有進度的夜晚。她想找個人用力抱一抱，但不想開口說出任何禮貌，現在最不想要的就是社交，更不需要抱到一半有人褲子脫掉。

她要的就只是簡單的一抱，20分鐘到半小時就好，10分鐘正面相擁，10分鐘讓她從後面靠在有溫度的背上，當她轉過身的時候，對方會聽得懂訊號，有默契的雙臂繞過她手臂，輕輕讓她躺進一個360度的懷裡，等她張開眼的時候，就能專心回到電腦前，不用解釋，不用送客。

她從Google找到暗網的拍賣，知道這世界不存在這種短暫的擁抱服務，男友則在第三階段就想要色色，更受不了在洗完澡後關心她進度，多餘的談話會打亂放在腦中的拼圖。她嘆口氣把棉被捲在懷裡，把現在的煩惱打給姐妹聽，來回幾個溫暖的emoji，群組裡有人問她想不想去中山走走？可以試試看一種服務叫伴遊，琳確定不用和人類溝通，二話不說下單明天下午兩點鐘。

part
③
大同區周邊

place ⑱

有一群職人在中山工作，他們對工作的要求都有過人的執著，這樣的信仰讓他們堅持每天重複做一樣的事，祈禱把一樣事做好。

伴遊是我的職業，可愛是我的專長，濫情是每天重複的工作。客人都知道我下流，畢竟什麼都藏不住Google。我對專業的執著，讓女孩深深迷戀我，祈禱每個客人都能開心地慢慢走，除了帶她們去想去的地方，我堅持工作的時候絕不用手機，客人說話時看著她們的眼睛，聽不清楚時我會回頭，讓客人同時看到我鈕扣的小眼與粉紅的屁眼，我也不知道為什麼，這讓女孩紅了臉，難道是菊花的誘惑？還是這世界早忘了專心是什麼？

今天的客人是琳，她似乎沒有在網路上聽過我，在我第4次回頭時，她說她想包養我，說不忍看我每天走這麼久。

我牽她走過當代繞過建成國中前的巷子，去吃個用酸種做

workshop

的肉桂捲。琳用力地咬下一口，結實的麵體不像一般肉桂捲有衝到大腦的甜，肉桂的香味在舌頭上long stay。沒有座位無法在店裡待久，人們總是外帶就走，店裡只賣咖啡麵包和肉桂捲，若妳想吃肉鬆麵包，老闆會微笑說這裡沒有。

我能給的也只有這幾小時的伴遊，**為了讓妳心中的幸福不斷地發酵，我專心地只陪妳走**，但若妳想打擾我的menu，慢走不送請回家重修什麼是尊重。在客人暈船的時候，專業讓我為她們拋下理智的錨。

琳吃完後什麼都沒說，她從口袋拿出一條雞肉乾，剝成小塊邊走邊餵我，一條之後又接一條，我緊緊地跟在腳邊邊吃邊走。

等我覺得飽的時候，發現已經住在她家一個月，連管理員都認識我，Dame！我好像忘了回中山的路怎麼走……

肉乾與自由

突然被綁架的日子過得是格外的悠哉，吃飽了就睡睡飽了吃，角落的狗食24小時自助式，肉乾要多少隨便我吃，想上廁所就跑去院子，不被關籠可以自由活動，每當我想起伴遊工作，心裡吶喊著當初的初衷，鼻子聞到香香的味道，是新鮮肉泥打胡蘿蔔，自動坐下等吃飯。

無法習慣的就是每天都被抱好久，要我窩在她大腿聽她打字，那快速的敲鍵聲讓我想睡，每天晚上抱著我讓她一夜好眠，她喜歡把玩我捲捲的毛挑逗我舒服的胸膛，打破每條與客人的規則叫我如何叫自己專業？可惜太多零食的選擇讓我沒時間想這麼多。

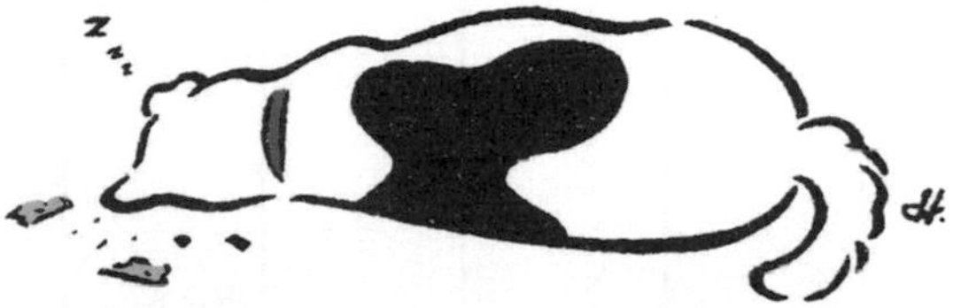

不知過了幾個吃人撐的日子，只確定肚子裡懷的是肉乾的孩子，她終於告別了寫論文的日子，她牽著我走回中山，把屬於我的自由跟一包剛烤好的雞肉乾放在地上，若知道這是最後一次吃她親手烤的肉乾我會吃慢一點。

吹著捷運站飄出的風，深吸一口喚醒了伴遊的理由，只有中山的一道微風，能聞到3位女孩的味道，不好意思消失這麼久，不知道有多少客人想念我~

girl ⑲ 婷 2

身為主管有開不完的會，不在公司就把時間花在健身房，工作上必須跟同事合作，但其實她享受一個人默默努力，看似用力的推舉運動，她卻可以把頭腦放空，把專注力交給肌肉，上班時頭腦總是一堆數字在跑，舉重只要簡單地倒數，默默完成菜單上的各種要求。

菜單設計她頗有研究，自己發明一套數字健身，先決定週末要大吃什麼，再算出要多少組深蹲還清熱量的債，有時不小心被麻辣鍋放了高利貸，也不用看別人臉色自己面對星期五任性的決定，這樣的規律讓她的體重穩定不動，體脂還在容忍範圍，但她無法從身上的線條得到滿足。

與其保持她更喜歡進步，想看到越來越深的線條，想看見屁股越來越翹，教練說澱粉酒精必須吃得越來越少，這句話重得她收不下也舉不起來，兩邊都不想放棄讓她陷入沉重的思考，需要些甜食安撫一下心情，焦慮的心需要酒精放鬆。

但今天她啃著芭樂喝著酵素，冷靜心算這場投資要花費多少快樂，算著算著額頭冒汗，週末等著她的居酒屋，活得這麼優秀到頭來卻無法肆無忌憚地吃碗白飯？要拋棄回家的第一口啤酒？露營時的義大利麵？就為了腹肌能夠更明顯？

平時熟悉的風險分析，現在卻無法理性運轉，所有深愛的美食在大腦裡唱著一齣又一齣悲壯的歌劇，舞台上站著18年的紅酒，閉上眼睛似乎就能聞到南法的香氣，炒飯與鍋貼唱了15分鐘的獨角戲，不小心手滑開啟Uber Eats，20分鐘後完成了一場澱粉風暴，開罐啤酒心想女生幹麼活得這麼累，牙都沒刷就跑去睡。

安安穩穩好眠一整夜，鬧鐘還沒響她自動睜開眼，今天要去中山走一走，還沒決定要跟伴遊郎一起運動，還是吃最後一輪當作與美食說聲再見，她把今天的命運交給4隻腳的我，但明明身上就穿著想要的答案。

place ⑲

高階主管婷上次讓我掉了半條命，這次她沒穿褲子等著我，開心地以為她想要跟我全裸在草地上打滾，近看才看到是膚色的 leggings。

她喜歡各種 outdoor 的運動，健身房是她休息的地方，小麥色的皮膚配上緊實的線條，邊走邊搶著路人的眼光，雖然我的屁股也還算 sexy，但沒有比較不知道誰比較翹，今天她牽我一起去魔鬼訓練。

我的健身房在華山草原，沒有器材的鍛鍊，只有我和婷最原始的毅力。我們先開始折返跑訓練，接著組合深蹲跳高丟接球，跑得我上氣不接下氣，每輪訓練都付出全力，乳酸不斷在肌肉中堆積，讓每個動作都像是酷刑。當她的汗水流進那雙認真的眼睛，卻一點也不影響呼吸，甩甩頭髮眨眨眼睛，這份堅持打動了我的心。

我想要和她一起變壯變強變漂亮，**進步就是每天送給彼此的禮物**。

認真得完成與婷的有氧訓練，我伸長舌頭問她什麼時候能夠再見？她臉紅氣不喘地笑我太認真，她有自己的S曲線要練，付了鐘點轉身離去，我目送她的翹臀消失在草原的地平線。

今天重訓的不是肌肉而是我的心，運動傷害讓我舉不起一克的開心。

運動市場

第一次和婷約完會，上吐下瀉了３天，第二次全身痠痛自尊破裂，我的體力怎麼會比客人差？現代女孩到底有多會跑？難道接下來會流行運動伴遊郎？這會不會是塊有潛力的市場？

想到我認識跑最快的朋友，專訓跑第一的傑克羅素，說不定跟他組個團隊專攻跑步的女子，聞過汗淋淋的女孩香，重鹹的刺激散步找不到。

我們在華山草原見面，他直接了當地拒絕，「大材小用！」他驕傲地說，現在不做伴遊他做教練，被他牽過的客人都開發了藏在心中的慢跑天分，跟不上的不退費還沒收押金，現在陪訓了2個田徑隊，說完有個人影出現在地平線，呼喊著他的名字迎面而來，才知道他還在工作，匆忙的我們互舔彼此說聲再見。

原來不當伴遊還能有其他選擇，看到他客人死命地追他跑猜想生意應該很好，但運動發出的尖叫讓我有點受不了，看來我還是適合悠閒的散步，跑步請找傑克羅素。

girl ⑳ 佳

佳在２０２２不斷的懷念90，可能是聽了太多華語金曲，明白的歌詞說穿她簡單的心，但真正的原因再明顯不過，任何暗戀中的人都會想回到90。她還記得小學的時候，每封紙條都沾滿甜蜜，想念當初的直球對決，喜不喜歡當面表白，心臟炸裂的跳動，20年後還忘不了。她對科技的轟炸感到疲憊，厭倦了來回各種貼文之間，無法解碼藏在貼圖後的表情，要不要在一起的那條線，被來自不同ＡＰＰ的訊息拉長到了天邊。

被訊息告白是最不浪漫的事，她心裡面跟自己這樣說，但期待又比討厭多，開不了主動的那扇門只好每天從門縫著眼等待，算算已經快要第二個忍住不去找他的星期大。自己待在家裡實在太危險，必須找些事情做，殺光被衝動染紅的時間。

伴遊是最明智的選擇，4隻腳的朋友喜歡老派的style，散步原本就是最老派的約會，21世紀好像只剩我們還記得，跟我一起懷舊取暖，喝啤酒大聲地唱：「愛就像cappuccino」，妳說妳曾經被2位校隊告白過，我忍不住分享剛寫完的情書，文情並茂差點尿到妳的腳，若認真地聞就能感受得到，我藏在字裡行間的騷。

place ⑳

給我深深想念的你：

自從那天在朋丁遇見你，我沒有一刻不想你，我知道這聽起來很噁心，但這是我無師自通的語言，主詞是你的名字，動詞只剩下思念，肉搜到你的ＩＧ，一秒按了所有讚，私訊唱歌給你聽。

那個下午我一進門前就聞到一股騷，走進這家放滿 art book 的店裡我只看見你。

你的屁股是件藝品，練成這種曲線證明這是 full time 的翹臀，沒有每天深蹲30組，是不可能有這種專業的弧度。抱歉我當時太衝動，一口咬掉了你的感受，反正當下沒人看到我。文青打扮的客人正忙著拿伴遊郎的貼紙，她很喜歡免費進一家店冉免費拿禮物的行程，我騷擾你的時候，她手上每種顏色的貼紙各拿一張。

BUY
BOOKS

你驚訝地轉過身，用那雙大眼用力地看著我，憤怒到渴望只花了短短的 3 秒鐘，第 4 秒**你的鼻子已經鑽進我的胯下，屁股又回到了我的雙眼，我聞到了一股來自天堂的味道，是你帶我敲開這扇門。**

第30秒我就被狠狠地拖走，連加你好友的時間都不給我，到底知不知道文明的規矩？伴遊是我的宿命，這份工作給我的枷鎖，女孩去哪我就要陪著走，在下班之前我先把你的名字刻在我心裡最重要的位置。

滿心期待下次的巧遇，當那天來臨時，我會在人群中一眼就認出你，因為明天開始我會不停搜尋你的身影，這次我不會再聞你的屁屁，我要掙脫我的項圈向你奔去，沒有掩飾的熱情，睜大鈕扣大的眼睛看著你，在你耳邊輕輕說聲 you are my bitch。

XCXO 捲

訓練有素的我

若我不是一隻受過文明訓練的伴遊郎，是不會表現出如此深情的表白，公狗通常氣味相投就進行doggy style，聽不見誰喊痛或高潮有沒有，只要露出小粉紅就代表要上工，不然一整天口水直流。

但那對我都只是個傳說，得到伴遊執照那天後，就再也沒見過自己的小粉紅，除了看見屁股大大的柯基，體會了難得的衝動，用情書表達我的感受，卻被那些家犬嘲笑軟弱。

那些只會亂吠的狗，說不會doggy style就等於白活，笑我連公狗的工具都沒有，還有什麼資格用4隻腳走？但看他們每次在公園挺著小粉紅，就被主人直接帶回家，我則優雅地牽著客人慢慢走，不給客人添麻煩才是好伴遊。

girl ㉑ **芳**

記得剛入時尚界時芳的工作比狗還累，薪水少卻一堆人想做，前輩與新人間的互動，是真人版的Prada惡魔。那時，她學到尊重才是奢侈品，看得到的不代表想賣給妳，摸都摸不到是因爲沒有妳的size，大家都是被父母養大，誰會心甘情願每天被總監罵。時間如沙漏，這股氣一忍青春就從眼前晃過，當膠原蛋白流失時，在薪水穩定增加後，芳開始學會罵人的生活。

經過幾年的付出，默默地她的名字後頭多了一個姊，芳成為大家都想認識的名字，每通電話都享受著藍鑽級的尊重：麻煩、請，還有謝謝您。基本的禮貌不必再要求，她身邊環繞著熱情與款待，及關不掉的立體聲稱讚，曾經一件都買不起的牌子，現在為她訂製只能她穿的size，曾經幫總監排隊搶購的限量鞋，現在還沒開口就出現她眼前，曾經喜歡的衣服只能試穿，現在來不及開箱的快把客廳堆滿，當時尚不用考慮價位時，空間才是下一個考驗。就算她有穿不完的新衣，卻不忘自己的儀式，從知道什麼是fashion之前，她就喜歡逛街，喜歡聞一家店的味道，逛店內的裝潢，喜歡跟老闆聊天，看素人的穿搭，從西門町到東區，巴黎到東京，滿滿店家的資訊與回憶，是這兩年她心中不斷燒著逛街的癮。

疫情後不能出國讓她悶到慌張，受夠了只能看螢幕下單的空虛，想念中暮黑的選物店，第五大道的Tiffany，對逛街的相思，看著螢幕無法解，這時推文上出現我名字，中山逛街美食與伴遊，提早預約只要2,000有找，她不抱期待地約我明天下午3點半。

place ㉑

伴遊的收入不是很固定，所以能賺的盡量別錯過。伴遊跟導遊一樣都有收店家抽成的服務，業績好的時候會占我一半的收入，每次接到大買特買的客戶，我回家一定啃乾羊排慶祝。

芳一見面就要我叫她總監，看她一身名牌搭配限量的球鞋，我口水直接流了一地，腦中在想晚餐會有點飽。

帶她從赤峰街頭走到心中山尾，每家店不但細心推薦還耐心等候，等她掏出我最愛的4個小朋友，直到走進第5家店才發現她是個探頭探腦的高手，問東問西話很多，但走出門都雙手空空。

我尾巴下垂地走過過長安西路，穿過Fika理髮店，最後停在Waiting Room門口。總監穿著羽絨衣喘著氣推開了門，上氣不接下氣地站在CD櫃前，

假裝專心地看著封面。喘口氣後，問著架上沒有的顏色，拿著只刷20件卻賣不完的團tee問是不是限量？翻著只印33本的zine問有沒有新的？看著窗台的mixer問現在放的是什麼？

我搖著尾巴等了快半小時，看她出來時手上拿著一包80塊的貼紙。

期待讓我大口咬下了希望，結局是一團沒有加菜的屎，我夾著尾巴目送著她，總監看起來倒是神采奕奕，什麼都沒買卻笑得開心，今晚我想來點加辣的自暴自棄，沒有羊排只能啃自己的腳出氣。

生命的街

我上次問凱文教練，為什麼現在越來越多人來中山逛街？他說因為這邊有很多有趣的店，組合成一條熱鬧的街，在他要下去聞我屁股前，卻警告我趁現在人潮多就多幹點活，沒人知道一條街能活多久，等到「她」過世的時候就開始肚子餓的生活。

沒人能比伴遊更懂與熱鬧的街共存的理由，更別說看過東區興盛與沒落的凱文，他的店曾是藏在後巷裡的3坪小店，主人是品味挑剔的造型師，開家店更像交朋友，東區就是他的hood，自由地在人潮中邊聞邊走，有時伴遊有時送貨，彬彬有禮的巨型貴賓，粉絲多到可出周邊商品。

就在凱文4歲的時候，身邊開店的朋友一家一家地轉給別人，以為新開的店等於新朋友，但換裝潢與招牌的速度卻只有越來越快，還沒認識就說了bye，直到一條街有一半都拉下鐵門，路上不再出現人擠人的風景，凱文周邊也從供不應求到不知到哪裡放存貨。直到連搖茶店都撐不下去的時候，一條街等於沒了脈搏，為了生存凱文必須離開長大的東區，離開時，他發誓不會忘記那股茶街的味道。以為已經看過大風大浪的凱文，在２０２０年又見識到了什麼叫空城，不但沒生意連門都出不去，無法曬到太陽的生活讓他窒息，以為要跟沒有人的街一起死去。

終於等到復工的那一天，每泡尿都要聞好久的凱文，發願想被每個人摸頭，抱著崇敬的心他走在熱鬧的中山，暗自在心中祈禱這條街可以活好久好久。

邊說著他的人生故事，凱文從我屁股中抬起了頭，他說現在的他每天都抱著感恩的心活著，接著舔了舔舌頭歪頭微笑地看著我，我忍住一股複雜的衝動。

part

4 綠形公園

真心交換，零匯率

girl ㉒ 馨

剛分手的馨最近很苦惱，不知道現在上演的是哪一齣，明明早就跟對方說清楚，現在不是想談戀愛的時候，他卻把最後的禮貌當作希望，每天在不同的地方與時間，送上早餐飲料水果消夜，男人腦中堅持的浪漫，卻成了女孩黑色的意外，她不知道怎麼辦，笨蛋努力起來真的好帶給別人麻煩。

明明說過不用再送，簡訊不回居然直接出現，明明說過在減肥，就這麼喜歡提著韓式炸雞等她下班，明明說過西瓜汁太寒對她身體不好，就只懂得把全糖改成半糖，還附上「夏天沒有西瓜就沒有回憶」的一張小卡，她不想浪費食物，卻消化不了噁心的對白。

每次看他出現在眼前，已經明顯地當作沒看到轉身就走，男方卻總是更早就發現她，提著一杯滴著水的西瓜汁加快腳步追上來，每次的對話都要咬住下唇才能忍住不給對方一巴掌。

今天她忍不住了，不耐煩地問他到底聽不聽得懂中文?!有沒有禮貌?!讀不懂她臉上的困擾嗎?!聲終於在路邊大聲地吼，這輩子她從來沒有大聲過，她期待這種程度的憤怒能讓對方害怕，沒想到，那男人卻撇著臉一臉無辜地望著她，回她說：「這就是當男人戀愛時！」女孩的肚子反胃眼前一陣花，她想立刻打斷他那嘴白牙。

她預約伴遊的時候，備註要一隻很凶的狗，可惜戀愛的我注意力渙散沒看清楚，只感覺她似乎很需要被人保護，但我已被分分秒秒的思念淹沒，每天想做的就是把客人拉去四號出口走一走。

place ㉒

給我深深想念的你：

你在哪我好想你，難道你忘了每晚８：００的約定？

自從你說每天髮廊打烊的時候，你會在四號出口出沒，就算沒有結束的伴遊，我也會牽客人到那邊走一走。為了你我成了時間管理大師，就為了準時看你一眼。

我總是遠遠地看著你，不敢往前走，怕你看到我每天牽著不同的女人，會劃下難以復原的傷口。但我心裡也知道，就算我躲得再好，走得再遠，站得再高，你也早就知道我做伴遊，畢竟我不可能為了你把ＩＧ關掉，可惜我沒有機會知道你的感受，你就消失在我們的８點鐘。

曾經幻想掙脫項圈衝向你，因此每天都有站在原地等你的理由。終於連自己都騙不了的時候，脖子上還多了條後悔的鍊條，重到我抬不起頭，在下次見到你之前，我只能戴著它沉重地走。

不用擔心我會好好地過，至少我還有工作，用忙碌填滿心中的洞。每天想你的儀式不會錯過，早中晚不忘私訊Hello，3分鐘之內回你限動，睡前唱歌給你聽，tag你在我每張相片，當你準時地回我大便emoji，我就知道我是你的心頭肉，不然怎麼知道我最愛的零食就是我自己的屎。

每天晚上的8：00，等不到你就夢裡見。

P.S.可以先幫我加回好友嗎？每天要開新帳號真的好累。

想你的捲

part
④
線形公園

擦槍走火

專業的訓練讓我能夠不動真情，但一天到晚在外面走，有時隨便聞聞卻變成擦槍走火，就算當下控制了衝動，也很難保證思念不會掛在腦中。身為一隻獵狐㹴，放棄不在我字典中，成功的機率從沒考慮過，只要被我聞到目標的味道，躲進洞裡也會被我找到。

上禮拜走在公園聞到一泡很騷的尿，抬頭一看是隻過動的米克斯，他跑我追在草皮上繞

著圈圈，一停下就忙著互咬對方，他身上也沒有蛋蛋的味道，飄過來的是一股清淡地撩，他說他是一家髮廊養的狗，但卻一點也不喜歡在女孩堆中活，我認真地舔著他舌頭，順著他的話題走，他說他想當隻專心的狗，想顧的不是店是自己的主人就好，不知道為什麼我沒說出我做伴遊。

從那天開始，我就想要每天都能吸到他，這種幼犬的單純氣味，很難讓停止想念，跟他約好了每天晚上8點相見，他卻只遵守過一天，害我只能用所有時間去找他，我想這是一份浪漫的禮物，不放棄才能找到真愛！

可惜我的堅持往往被分心打敗，一段段刻骨銘心的付出，都像是暑期實習做的白工，等待回覆同時愛上牽著我走的客人，一**次次用力地愛才沒有遺憾，這對我來說並不麻煩，只想散播快樂散播愛。**

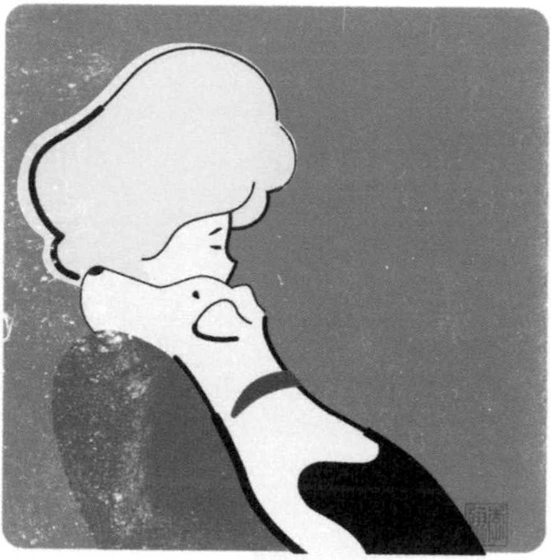

girl ㉓ 宜 3

在中山邊走邊刷有沒有約會對象，越寂寞標準越低，今天的宜抱著清倉的心，最愛的單眼皮已經不重要，只要有雙小眼睛，就在照片上面按愛心，3個APP同時開啟，頭貼換上去海邊玩的照片，就是為了展現出堅決被約的決心。

不知道是不是因為滿月，今天的男生都缺少禮貌，已經隔著手機螢幕還是藏不住小頭在叫，沒聊兩句就感受到想知道答案的急躁，請問您是CEO還是明天要開刀？時間是有多寶貴到包裝衝動的時間都沒有？

腳痠了就坐在公園的機器人旁，給自己的慾望一個deadline，總不能被騷擾一晚還錯過了捷運，2個好聊的突然消失在對話之間，3個不帥的訊息保持在冷漠與禮貌之間，4個無禮的共寄了6張屌照，她研究一下形狀後默默刪掉，姊早就免疫沒時間驚訝，繼續尋找讓她心動的小眼睛。

轉眼路上的行人越來越少，用力過度的眼好痠，再約下去會破壞她的個人美學，寧缺勿濫是品味的展現，摸摸旁邊默默等著她的狗，一起走了快要半天多，直到最後宜才發現我這雙可愛的小眼睛，可惜接下來的行程只剩伴遊的ending和有狗的再見。

place ㉓

好的伴遊像是一場約會，好的約會不能沒有音樂，在別的地方應該很難辦到，但在中山，不用自備藍牙喇叭或降噪耳機，我帶宜來到 3 個機器人前放幾首歌。

音樂對約會的重要就像是骨頭上的肉，當時間啃去我們的美貌後，記在腦中的往往是音樂的旋律。我沒有辦法唱歌但她有藍牙手機，點下我伴遊的歌單讓機器人播給她聽。

我先用 Deca Joins 試水溫，再用五月天與陶喆的前兩張專輯攻下一壘到三壘，AI 選歌幫我打文不分曲風的紅不讓，宜甩著頭髮扭著屁股，擺動著身體，知道她也喜歡 Tom Misch 時，我會用一首 FKJ 的時間找一首讓她忘不了我的歌，聽前奏時她開心地笑，我就知道她的小費不會少。

我們繞著圓形的舞台跳著傻傻的舞步，讓身體記住每個音符，用粉色的泡泡把眼睛遮住，看不到路人去來的問號因為我們是主角，她大聲地唱：「I think we're superstars, you say you think we are the best thing.」，看著客人開心地笑，就是伴遊郎的驕傲。

接下來的重頭戲必須溫柔地進行，選首說再見的歌，我們彼此交換著眼中的月亮與星空，我的員工慢慢地把帳單放進宜的手中，先輕輕地靠近她耳邊問：「有需要統編載具發票要印嗎？」再悄悄地遞張紙條上印著「服務只用現金交易」。

客人她懂，一成的小費換成有肉的骨頭給我。

從那天之後，宜聽到那首〈Superstar〉，都會想起那晚我們跳的那支舞，還有讓她笑著吃土一個月的那條狗。

part

④

線形公園

品味

要一隻狗走在妳旁邊不必花一塊錢，為什麼伴遊這麼貴？除了訓練、證照都不便宜，品味養成比罐罐還貴，但每個行業都必須有固定的投資，才能不斷讓客戶有新的體驗，口袋只有兩三招，保證每天都吃不飽，用單一的待客內容卻要對方感到開心，是只有菜鳥才會發生的低級失誤。

為了走進她心裡最深的地方，需要一邊走一邊打開很多扇門，前幾道簡單的門，略懂食衣住行的品味就像手上拿著一把鑰匙，兩隻腳的朋友對品味的迷戀，就像我們對任何會跳動的球類，只要有任何咬住的機會，都會拚命跳更高。

我專攻音樂香氛與甜點，可以在預約的表單裡勾選，每個月我會花點錢，提升自我伴遊的美學，上次吃掉一半薪水的甜甜圈，整個月都覺得圓型好美好甜。想提升音樂品味卻聽不懂，但我確定能讓我聞得到女孩興奮的旋律，就收進我伴遊的歌單，只要在對的時候按下play，客人的心房好像全部換上自動門，讓我人搖大擺地鑽進裝潢中的心情把她的煩惱舔乾淨。

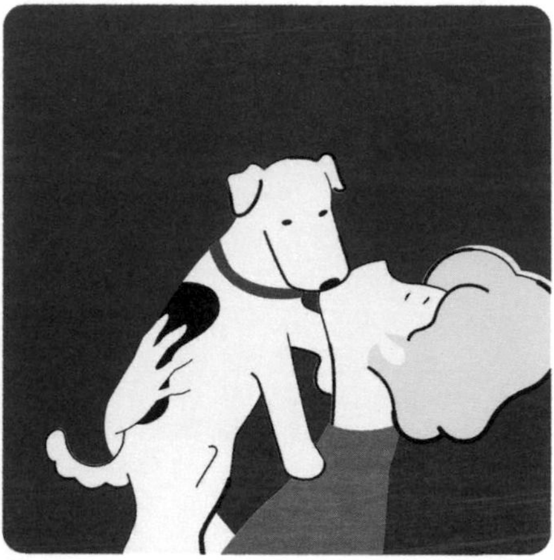

girl ㉔　　宜 4

宜默默地收起手機，沒找到降火的對象也不太驚訝，認真地算了一下應該退哪個 APP 的會員，現在回家還趕得上買份滷味，想到今晚多加包王子麵，一份小辣的期待就暖在心裡面。

她不介意一個晚上的失望，青春的心碎都以年為單位，現在澱粉就能讓她滿血回歸，在公園聽機器人放的歌，想著王子麵上加 3 顆鳥蛋，看著眼前這隻依依不捨的狗，突然不想對今天說再見。她很喜歡今天的樣子，跟隻狗下班後隨便走走，中間出了點糗但成功逃走，突然來的一陣燒等等吃飽就好，睡醒了明天回到規律的日子，壞消息留在新聞頻道，這種極度日常的日子正是疫情間她每晚睡前的願望，當時明明跟全世界一起許的願，現在好像只有她還覺得幸運。

看著坐在身旁的捲毛小眼睛，說出這份放在心裡的感激，摸著他又捲又硬的毛不期待他會知道，黑黑的小鼻子聞了聞耳朵下方的味道，有點癢她笑了一笑，嘴角一揚一個又快又深的吻攻占了她的嘴唇，小小的舌頭來回在鼻與嘴中，這次她沒有拒絕將他抱進懷中，用深深一吻跟這樣美好的一天說再見，轉身後一起默念「明天見」。

中山

再見森林

place ㉔

聽完歌買完單牽她到樹下請客人坐下，這裡一片被砍的人造森林，我們在這裡品嘗再見，帶客人走了一圈中山，現在是我收集香味的時候，她們似乎都知道我要做什麼，不到10公斤的我女孩一推就走，而她們對我的侵犯我往往坐著不動。

新鮮就要去產地，耳朵下方的味道又濃又香，好好記住這味道，沒人保證以後聞不聞得到，用力地呼吸讓我異常興奮，粉紅色的舌頭想確定這種滋味叫做甜，從脖子舔到了嘴邊，雙唇中間還留著一點咖哩味，我踮起了腳豎起耳朵用力舔，當我認真的時候大家都不用想呼吸，我的再見就是如此激烈。

學會了等待學習品味，還有伴遊的禮節與店家資訊，這些有決心就能畢業，但沒有老師教我怎麼說再見，曾經被警告過這不是件簡單的事，但沒人說

這是傷心欲絕，所有聞過的味道，我都想回味，這是多麼奢侈的願望就算是人也無法實現，只能把心裡所有的激動，化成原始的衝動，沒看到客人嘴唇發白，我不會輕易說再見。

宜再不把我推開就趕不上最後一班車，我示範了教科書等級的依依不捨，當她轉身的時候我在心裡默念「明天見」，她最後消失在一號出口，我心碎了一地被路人踩過，明明不是一位專心的客人，忽冷忽熱愛看手機，但4隻腳的朋友就是喜歡給全部的愛，這是我們伴遊的招牌。

一天結束時回到自己的窩，為了治好再見從床下叼出一根牛骨頭，**若妳也和我啃著同一根思念，歡迎來中山我陪妳慢慢走。**

中山的氣味

自從做伴遊後就不斷適應客人的節奏，努力跟上女孩的步伐後才發現我還是跟不上中山的改變，這裡的店家來來去去，許多曾經的香味沒有說再見就消失不見，每次我聞到裝潢的味道時，總擔心我的景點忘了跟我道別就搬到我走不到的地方。

在妳認識我的這個時候，solo pizza 已經搬到圓山站，再見森林準備重建，音樂機器人不知會去哪邊開趴，還好大王漢堡殿只搬到對面，不然我真的會分離焦慮，看過人擠人的南京西路，隔天只剩清空的馬路，不敢相信走在中山聞不到人的味道，想到當時的焦慮，我又要把腳啃到一根毛都不剩，之後女孩的笑都藏在口罩的下面，花了好久的時間，人潮才慢慢出現。

我不知道消失的味道有沒有人記得，只好每天都用鼻字拚命的收集，中山變得越來越香，餐廳越來越多，市集越來越大，這些香味加起來，讓女孩的香味多到我收集不完，中山的味道每條街我都知道，但女孩的味道聞過就裝進思念，除了當我個人收藏，也讓我隨時準備好，**只要能隔條街讓我聞到妳的香，我就會奮不顧身地往前跑。**

Chill 001

中 山 伴 遊 郎

一隻狗勾的伴遊交易實錄

國家圖書館出版品預行編目 (CIP) 資料

中山伴遊郎：一隻狗勾的伴遊交易
實錄 / 李翰 著 . --
初版 . -- 新北市：鯨嶼文化有限公
司出版：遠足文化事業股份有限公
司發行，2022.07
224 面；12.8 × 19 公分 . -- (Chill；1)
ISBN 978-626-96034-2-8（平裝）

863.55　　111008527

作　　者　李翰
設　　計　李翰、謝捲子@誠美作
特約編輯　簡淑媛
副總編輯　CHIENWEI WANG
社長暨總編輯　湯皓全
出　　版　鯨嶼文化有限公司
地　　址　231 新北市新店區民權路 108-3 號 6 樓
電　　話　(02) 22181417
傳　　真　(02) 86672166

讀書共和國集團社長　郭重興
發行人暨出版總監　曾大福
發　　行　遠足文化事業股份有限公司
地　　址　231 新北市新店區民權路 108-3 號 8 樓
電　　話　(02) 22181417
傳　　真　(02) 86671065
電子信箱　service@bookrep.com.tw
客服專線　0800-221-029
法律顧問　華洋國際專利事務所 蘇文生律師
製　　版　瑞豐電腦製版印刷股份有限公司
印　　刷　和楹印刷有限公司
初　　版　2022 年 7 月

定價 480 元
ISBN 978-626-96034-2-8
EISBN 978-626-96034-4-2 (EPUB) /978-626-96034-3-5 (PDF)